Hannelore Deinert

Mörder sind auch nur Menschen

Sechs Psycho Krimis
aus dem Odenwald

Inhalt

Bibliografische Information der Deutschen Nationalbibliothek: Die Deutsche Nationalbibliothek verzeichnet diese Publikation in der Deutschen Nationalbibliografie; detaillierte bibliografische Daten sind im Internet über dnb.dnb.de abrufbar.

Herstellung und Verlag:
BoD – Books on Demand, Norderstedt

ISBN 978-3-7528-1627-3

Eine Rechnung ohne den Wirt.

Lisa bediente im Ausfluglokal des Freizeitparks, nah am See. Nachdem sie an diesem Sonntagabend die Abrechnung erledigt und den wolkenbruchartigen Regenguss abgewartet hatte, verabschiedete sie sich von ihren Kollegen, die noch in der Küche zu tun hatten. Lisa schlüpfte in ihr Regencape und verließ das Lokal, sie war rechtschaffend müde und freute sich auf ihr Zuhause, wo sie endlich die brennenden Beine hochlegen konnte. Heute waren die Gäste, die am Nachmittag auf die Terrasse des Restaurants geströmt waren und unter den Buchen einen schattigen Platz gesucht hatten, besonders nervig und ungeduldig gewesen. Nach der drückenden Schwüle hatte sich gegen Abend ein heftiges Gewitter entladen.

Es war schon dämmrig, als Lisa ihr Rad über den Parkplatz zum vom Regen aufgeweichten Weg schob, der hinaus zur Landstraße führte.

Sie wollte gerade auf ihr Rad steigen, als sie das mehrmalige Aufheulen eines Automotors veranlasste, in den dunklen Weg, der am Lokal vorbei in den Wald hineinführte, zu spähen. Sie sah die Rücklichter und Umrisse eines Fahrzeugs, eines Personenwagens, dessen Reifen sich anscheinend

im Schlamm festgefahren hatten. An der Beifahrer-
seite stieg ein Mann aus, ein Mann mit Hut, wie
Lisa erkannte. Sie beobachtete, wie er versuchte
den Wagen anzuschieben, was ihm offenbar gelang,
das Auto fuhr ruckend und stotternd und mit auf-
heulendem Motor an, der Mann stieg ein und das
Auto fuhr langsam in den Wald hinein. Bald waren
seine Rücklichter nicht mehr zu sehen.

„Komisch", wunderte sich Lisa, „was sucht man
um diese Zeit und bei dem Wetter im Wald?" Außerdem war der Weg Forstfahrzeugen vorbehalten,
was ein Schild davor deutlich anzeigte. Aber was
gingen ihr die Verrücktheiten anderer Leute an,
sagte sie sich, stieg auf ihr Rad und strampelte eilig
ihrem verdienten Feierabend entgegen. Zum Glück
hatte es aufgehört zu Regnen, jedenfalls im Moment.

Theo Bosner hatte die Radfahrerin im Schein der
Lokalfenster auch gesehen. „Verdammt", dachte er,
aber dann sagte er sich, dass sie, wenn überhaupt
nicht viel gesehen haben konnte. Er stieg rasch ins
Auto zu seiner Frau Ilse, die am Steuer saß und
nervös, um nicht wieder stecken zu bleiben, mit
dem Gas- und dem Kupplungspedal spielte. „Frau
am Steuer", dachte Theo Bosner geringschätzig.
„Eine Zumutung für jedes Getriebe." Er gratulierte
sich zu den extra breiten Reifen seines BMWs, ohne sie wäre er jetzt aufgeschmissen gewesen.

6

Sie fuhren im Schritttempo auf dem holprigen, mit Pfützen durchsetzten Waldweg, die Scheinwerfer tasteten sich durch die Baumstämme, die beidseitig neben dem Weg aufragten. Ilse Bosner sah es kaum, sie musste sich zu sehr auf den Weg konzentrieren. Ihr Mann aber kannte den Weg und das Ziel, es war eine Jagdhütte, die vom Wanderverein und von den Hobbyjägern, denen er auch angehörte, gleichermaßen genutzt und erhalten wurde. Theo Bosner wusste, dass jetzt Schonzeit war und die Wanderer auf großer Tour durch die Alpen waren, die Hütte würde also für längere Zeit verwaist sein, kaum ein Mensch würde sich dorthin verirren, und wenn, dann würde er die Hütte im Schatten der hohen Tannen kaum wahrnehmen. Deshalb war sie für sein Vorhaben bestens geeignet.

Als Ilse Bosner nach Anweisung ihres Mannes links in eine kleine Lichtung einbog, tauchte im Scheinwerferlicht eine kleine Blockhütte auf, sie lag etwas zurückgesetzt, versteckt unter Tannen. Bei ihren Anblick beschlich Ilse wieder das ungute Gefühl, das sie von vornherein bei dieser Sache gehabt hatte. Sie parkte den BMW und sie stiegen aus.

„Ein wenig einsam hier", stellte Ilse fest und knipste ihre kleine Taschenlampe an, um ihrem Mann, der sich seine verschlammten Halbschuhe am Rost vor der Tür abstreifte, den Balken vor der Hüttentür

7

entfernte und sie aufschloss, zu leuchten. Dabei registrierte sie die geschlossenen, mit starken Balken und Vorhängeschlössern gesicherten Laden vor den Fenstern der Hütte.

In der Hütte empfing sie abgestandene, muffige Luft, hier war schon lange keiner mehr gewesen, durchfuhr es Ilse. Theo Bosner betätigte einen Schalter, eine Deckenleuchte erhellte spärlich einen kleinen Raum. Ilse stellte ihre Reisetasche auf dem Dielenboden ab, warf ihre Handtasche auf einen der durchgesessenen Ledersessel, die um einen niedrigen, klobigen Holztisch standen, und sah sich um. Auch wenn sie nicht gerade eine Hotelsuite erwartet hatte, aber diese elende Hütte, in der sie sich nun eine Weile verkriechen sollte, überstieg doch ihre schlimmsten Befürchtungen. Verächtlich musterte sie die Couch in der Ecke, mit dem dürftigen Bettzeug darauf, sie sollte in den nächsten Nächten ihr Nachtlager sein, die an den Wänden sorgsam nach Größen geordneten Geweihe und der Hirschkopf mit dem ausladenden Geweih nach Theos Vorstellung ihre einzige Gesellschaft in den nächsten Tagen. Die auf dem Sims des rußgeschwärzten Kamins stehenden, gerahmten Bilder zeigten Männer in zünftigen Joppen, Hosen, Stiefeln und Hüten, die, mit stolz geschwellter Brust und auf ihre Gewehre gestützt, auf die auf einer Waldwiese sauber hin gereihten Saue und Rehe schauten, Ilse verstand nicht, wie man an so etwas Spaß haben konnte. Die

8

kleine Küchenzeile gegenüber war auch schon ziemlich antik, da konnte auch die relativ moderne Kaffemaschine, der Wasserkocher und die nagelneuen Geschirrtücher nicht drüber wegtäuschen. Der halbhohe Raumteiler, wohl ein Geschirrschrank, der die Küche vom Wohnraum trennte, war auch nur ein aufgemotzter Sperrmüll. Teo Bosner zeigte seiner Frau den kleinen Waschraum, er besaß ein graues, zerkratztes Waschbecken, über dem ein trüber, rahmenloser Spiegel hing, daneben eine schlichte Toilette mit einer Papierrolle und, gleich neben der Tür, ein schmales Holzregal, in dem einige Handtücher und Ersatzrollen lagen.

„Recht spartanisch alles", meinte Ilse missmutig und registrierte hinter den Scheiben des kleinen Fensters die geschlossenen Fensterläden. „Möchte wetten", dachte sie spöttisch, „dass auch sie mit einem Balken verrammelt sind."

Sie ließ sich in einen der Sessel fallen und schaute ihrem Mann zu, der in der Küche Wasser in den Wasserkocher goss und ihn anstellte. „Nicht zu glauben", dachte sie spöttisch, „es gibt hier sogar fließendes Wasser und Strom. Fast hätte ich gedacht in der Steinzeit bei den Sammlern und Jägern gelandet zu sein."

„Kaffee oder Tee?", fragte Bosner und versuchte das verächtliche Gesicht seiner Frau zu übersehen.

„Tee!", erwiderte Ilse, dann fragte sie, die Stirn missmutig runzelnd: „Kann man wenigstens ein

Fenster aufmachen und die Läden zurückklappen, damit frische Luft hereinkommt? Um diese Zeit wird ja wohl kaum einer vorbeispazieren, oder?"

Bosner kam mit einem dampfenden Tonhumpen, in dem ein Teebeutel schwamm, und einem eingepackten Zuckerstückchen zurück und stellte beides vor seine Frau auf den Tisch.

„Bevor ich geh, machen wir kurz die Tür auf, Liebling", meinte er sanft. „Du weißt doch, wir können nicht vorsichtig genug sein. Im Großen und Ganzen kann man es hier durchaus ein paar Tage aushalten, nicht wahr? Keine Sorge, ich hab' an alles gedacht, Kaffee, Tee, Brötchen zum Aufbacken, Dosendelikatessen, Frischobst, im Kühlschrank stehen Säfte, Wein und Mineralwasser, sogar feucht gewischt habe ich und an frisches Bettzeug und jede Menge Lesestoff gedacht. Vergiss nicht, Liebling, du hast hier den leichteren Part, ich muss zu Hause den ganzen Zirkus mit dem Lösegeld und so weiter durchstehen, das ist auch nicht lustig. Denk immer daran, in einer oder in zwei Wochen, auf keinen Fall länger, dann ist alles vorbei und wir sind saniert. Dann werden wir auf den Cayman Inseln Urlaub machen und erst wieder heimkommen, wenn sich die Wogen geglättet haben!"

Er redete hastig, zu hastig, fand Ilse, sein Lächeln sollte zuversichtlich sein, aber es wirkte verkrampft. Wieder beschlich sie ein unbehagliches Gefühl.

10

Sie war Anfang dreißig und eine sehr hübsche, gepflegte Person, der man es ansah, dass sie etwas anderes gewöhnt war, als diese bescheidene Hütte hier. Sie schlug ihre langen Beine übereinander und steckte sich eine Zigarette an. „Lass mir wenigstens das Handy da, für den Notfall. So ganz ohne die Möglichkeit einer Außen- Verbindung fühle ich mich wie lebendig begraben", meinte sie und trank einen Schluck aus ihrem Humpen. Ihrem Mann entging der untergründige Spott in ihrer Stimme.

„Darüber haben wir doch schon lang und breit geredet, Ilse", meinte er leicht vorwurfsvoll. „Du weißt, wir dürfen uns nicht den kleinsten Fehler erlauben, mit einem Handy würde dich die Polizei Ruck- Zuck aufgespürt haben. Wir haben uns nun mal dazu entschlossen, lass uns also die Sache durchziehen. Vertrau mir, Ilse. Alles wird gut."

Er wollte ihr über das dunkle, sorgsam im Nacken gebundene Haar streichel, aber Ilse wich ihm aus, sie atmete hörbar den weißen Zigarettenrauch aus ihrem gespitzten, rot geschminkten Mund. Wieder wurde ihr die Absurdität und Lächerlichkeit dieses Vorhabens bewusst, mehr noch ihre eigene Naivität, mit der sie sich ihm bedingungslos auslieferte.

Der Plan, eine Entführung vorzutäuschen, um ein Millionen Lösegeld zu kassieren, schien ihr von Anfang an absurd zu sein, aber dann hatte sie Theo doch halbwegs davon überzeugt. „Wir müssen etwas unternehmen, Ilse", hatte er gemeint, „das sind wir deinen Eltern schuldig. Wir haben die Wahl zwischen Konkurs oder ein wenig *„tricksen.“*

Das Juweliergeschäft Grebe in Darmstadts Innenstadt wurde nach dem Krieg von Ilses Großvater gegründet, später von ihren Eltern übernommen, die es schließlich an ihre Tochter weitergaben. In all den Jahren und Jahrzehnten liefen die Geschäfte gut bis hervorragend, die Familie Grebe gehörte zu den angesehensten Familien in der Stadt. Aber dann, nachdem Ilse und Theo Bosner geheiratet hatten und Theo die Führung des Geschäft übernommen hatte, kam die Wirtschaftskrise, die Kunden blieben aus und die Ware blieb liegen, Theo kam in Zahlungsschwierigkeiten und die Bank verweigerte ihm die dringend benötigten Kredite. Als Ilse es mitbekam, war es zu spät gewesen, um zu reagieren.

Sie hatte wenig Geschäftssinn, wie sie selbst zugab, und überließ die geschäftlichen Belange des Unternehmens gern ihrem Mann, der immerhin einige Semester Wirtschaft studiert hatte. Nicht zuletzt wegen seiner Tüchtigkeit und seiner guten Reverenzen war er bei ihren Eltern, natürlich auch bei ihr gut angekommen. Denn obwohl Theo mittellos und nicht gerade ihre große Liebe war, so war er doch ein angenehmer Lebenspartner, er hatte gute Manieren und Umgangsformen, es machte Spaß sich mit ihm zu zeigen. Sie hatte ihm vertraut, viel zu lange, viel zu sorglos, wie sich herausstellte, erst als ihr zufällig die Mahnungen von Lieferanten, teilweise mit Androhung gerichtlicher Folgen, in die Hände fielen, wurde sie aufmerksam und sprach ihn deswegen an. Theo aber winkte ab, er meinte, das sei ein Versehen, ein Missverständnis, das sich bald aufklären würde. Dass er eine Geliebte hatte, nämlich ihre hübsche Schmuck-Verkäuferin Judith, das war ein offenes Geheimnis, er nahm sich kaum die Mühe, die Lippenstiftspuren auf seinen Hemen oder ihr Parfüm, das ihm, wenn er spät nach Hause kam anhaftete, zu beseitigen, die verliebten Blicke und Gesten, die er im Geschäft mit ihr wechselte, sprachen Bände. Aber das war für Ilse kein Problem, ihr Mann war gutaussehend und ihre Ehe, solange die Partner respektvoll miteinander umgingen, weiß Gott keine Zwangsjacke. Und Theo war ihr gegenüber galant und aufmerksam wie am ersten Tag, da konnte sich Ilse nicht beschweren. Die allgemeine Wirtschaftskrise betraf nicht ihr Geschäft, das zu glauben hatte Ilse keinen Anlass, denn Theo kaufte den BMW und auch sonst lebten sie auf gewöhnt großem Fuß. Dass sie weit über ihre Verhältnisse lebten, merkte sie zu spät, viel zu spät. Zum Glück bekamen es die armen Eltern nicht mit, bis jetzt jedenfalls nicht. Sie genossen auf Ibiza, auf ihrer luxurösen Finka den wohlverdienten Ruhestand.

Ja, und dann kam Theo auf die aberwitzige Idee, eine Entführung vortäuschen und die Versicherungssumme von zwei Millionen Euro kassieren zu wollen. „Wenn man es richtig anstellt, Ilse", hatte er behauptet, „dann ist es ein Kinderspiel."

Ilse wollte anfangs nichts davon wissen, sie fand die Idee einfach nur absurd, aber dann hatte Theo eine starke und entscheidende Karte ausgespielt. „Denk an deine alten Eltern, Ilse", hatte er bedauernd gemeint, „wenn ihr Geschäft schmählich pleiteginge, würde sie das umbringen. Aber sie brauchen nichts zu erfahren, den Kummer können wir ihnen ersparen. Sobald die Versicherung bezahlt hat, verschwinden wir auf die Cayman Inseln und machen einen längeren Urlaub, und wenn wir zurück sind, dann erzählst du eine hübsche, dramatische Geschichte von deiner Entführung. Soweit müssten deine schauspielerischen Fähigkeiten doch ausreichen, oder? Alle Welt wird sich dann über deine glückliche Rettung freuen und unser Geschäft ist gerettet.

Ilse musste ihrem Mann recht geben, ihre Eltern hätten eine Geschäftspleite wohl kaum überlebt, und so hatte sie gegen alle Vernunft in seinen abstrusen Plan eingewilligt, allerdings unter dem Vorbehalt, vorher alle erdenklichen Möglichkeiten, das Geschäft auf legalen Wegen zu retten, auszuschöpfen.

14

Theo Bosner versprach es, aber sein Plan sah ein wenig anders aus, als der, den er sozusagen als letzten Ausweg seiner Frau präsentierte. Als letzten Ausweg aus dem Desaster sah er den Tod seiner Frau, denn dann wäre er als ihr Alleinerbe ein reicher Mann. Bei einer Scheidung aber wäre er arm wie eine Kirchenmaus, dann könnte er seiner Geliebten, so wie sie es gewohnt war und erwartete, keine kostbaren Klunkern oder die kleine, feine Wohnung schenken oder ihre sonstigen kleinen und großen Wünsche erfüllen können.

Ilse entdeckte auf dem Kaminsims ein mickriges Radio, einen tragbaren Empfänger, sie stellte ihn auf den Tisch, schaltete ihn ein und suchte, an den Knöpfen herumdrehend, einen Sender, aber das Ding gab nur ein nerviges Rauschen von sich.

„Nun sitz ich hier", grollte sie, die Suche aufgebend, „mitten im Wald, in völliger Einsamkeit in dieser mehr als bescheidenen Hütte, ohne Computer, ohne Handy, nicht einmal mit einem dämlichen Radio wie diesem."

„Hab' Geduld, Liebling", Theo Bosner drückte seiner Frau besänftigend die Hände. „Eine oder zwei Wochen, vielleicht auch weniger, dann hole ich dich hier ab und es geht ab auf die Cayman Inseln. Die Tickets liegen bereit und die Koffer sind gepackt, wie du weißt. Glaub' mir, Liebling, alles wird gut."

Er wollte gehen, doch Ilse stand auf und stellte sich ihm in den Weg. „Moment noch, Theo", meinte sie ruhig. Bosner atmete tief durch, um sich zu beherrschen, langsam gingen ihm die Argumente und die Geduld aus. „Wer sagt mir", fragte Ilse ihn scharf fixierend, „dass die Geldübergabe klappen wird? Und was ist wenn du, wer weiß aus welchem Grund, nicht kommen und mich holen kannst oder willst? Was soll ich dann tun, Theo? Letztendlich bin ich auf deinen guten Willen angewiesen, nicht wahr? Kein Mensch weiß, dass ich hier bin."
„Was redest du da, Liebes, du weißt doch, wir sitzen beide im gleichen Boot!"
Theo Bosner versuchte seine Betroffenheit mit einem nervösen Lachen zu übertünchen, Schweißperlen bildeten sich auf seiner Stirn, die er mit einem Taschentuch abtupfte. Ilse war sich jetzt ganz sicher, sie war längst ausgebootet. In seinem Boot, das er mit ihrer Hilfe vergolden wollte, saß eine andere, jüngere, hübschere.

Die Villa Grebe befand sich in einem noblen Vorort von Darmstadt und war eines der beeindruckenden Renaissance - Gebäude, die das wohlhabende Bürgertum Anfang des vorigen Jahrhunderts erbaut hatte. Als Kommissar Voss am Montagvormittag mit dem Dienstwagen, neben sich seinen Assistenten Lutz, in die Einfahrt einbog, war das schmiedeeiserne Tor bereits für sie geöffnet worden. Sie hat-

16

ten sich im Vorfeld über die Familie kundig gemacht und wussten, dass die einzige Tochter der Grebes und ihr Mann, Theo Bosner, die Eigentümer des Tradition-Juweliergeschäfts auf dem Ludwigsplatz waren und zudem sehr angesehen in der Stadt. Sie parkten hinter dem BMW, der vor der Garage stand, und stiegen aus, Kommissar Voss registrierte gewohnheitsgemäß, dass der BMW ziemlich neu und auffällig verdreckt war, die Felgen der Reifen waren kaum noch zu sehen. „Muss gestern nach dem Wolkenbruch noch unterwegs gewesen sein", dachte er. „Aber bestimmt nicht auf `ner normalen Landstraße."

Er stieg mit Lutz die Steinstufen zur kunstvoll geschnitzten Eingangstür hinauf, neben der ein aufwendig gearbeiteter Metallbriefkasten hing. Lutz betätigte die Klingel.

Ein Hausmädchen ließ sie eintreten und führte sie in den Salon, wo sie von der Hausherrin schon erwartet wurden.

Ilse Bosner sah leidend aus, ihr schmales, blassen Gesicht wirkte ratlos und ängstlich. Mit leiser, müder Stimme bat sie den Kommissar und seinen Assistenten auf dem weißen Nappaledersofa, vor dem Mahagoni Tisch Platz zu nehmen, sie selbst setzte sich den Herren gegenüber in einen der bequemen Sessel. „Darf ich Ihnen etwas zu Trinken bringen lassen?", wollte sie wissen. Der Kommissar und sein Assistent lehnten dankend ab und streiften mit den Blicken die Vitrinen mit den Kunstgegenständen und das abstrakte, wie anzunehmen war sündhaft teure Bild an der Wand. Für einen Erpresser war hier sicherlich viel zu holen.

„Frau Bosner", eröffnete der Kommissar das Gespräch, „Sie sagten am Telefon, Ihre Angestellte habe heute Morgen einen Erpresserbrief in ihrem Briefkasten vorgefunden? Kann ich ihn bitte sehen?"

Ilse Bosner nickte und zeigte mit zitternder Hand auf ein DIN A 4 Blatt, das auf dem Mahagoni Tisch neben einem schwarzen Beutel lag. „Der Erpresserbrief", erklärte sie bekümmert. „Er befand sich im schwarzen Beutel."

Der Kommissar streifte sich Latexhandschuhe über, entfaltete den Zettel und überflog die mit Schreibmaschine und Großbuchstaben beschriebene Seite.

THEO BOSNER IST IN UNSERER GEWALT, MORGEN FRÜH UM SECHS UHR IM BÜRGERPARK, IM ABFALLKORB UNTER DER GROSSEN EICHE, IM SCHWARZEN BEUTEL EINE MILLION IN GROSSEN SCHEINEN, ES ERFOLGEN KEINE WEITEREN INSTUKTION, KEINE POLIZEI, BEI NICHT BEACHTEN IST THEO BOSNER TOT.

Ilse Bosner schluchzte auf und schaute ihre Gegenüber mit unglücklichen Augen an. „Aber, Herr Kommissar", flüsterte sie mit tränenerstickter Stimme, „was hätte ich denn sonst tun sollen. Ich

18

wusste mir keinen anderen Rat, als Sie zu informieren."

Theo Bossner hatte völlig recht, am schauspielerischen Talent seiner Frau war absolut nichts auszusetzen.

„Sie haben genau das richtige getan, liebe Frau Bosner", beruhigte sie der Kommissar, bemüht, feinfühlig zu sein. „Sind Sie für einen solchen Fall abgesichert?"

„Ich glaube, ja", flüsterte Ilse Bosner und unterdrückte ein erneutes Schluchzen. „Um solche Dinge kümmerte sich gewöhnlich mein Mann." Sie betupfte ihre Augen und die Nase mit einem feinen Taschentuch.

„Nun, Frau Bosner", meinte der Kommissar besänftigend, „noch ist ihr Mann nicht tot. Damit wir sein Leben nicht unnötig gefährden, tun wir exakt das, was der oder die Erpresser fordern. Bei der Geldübergabe erwischen wir die meisten von ihnen. Lutz, bringen Sie den Erpresserbrief zur Spusi, vielleicht ist unser Mann ein alter Bekannter!"

Lutz, ein schlaksiger, eifriger, junger Mann mit wachen Augen, zog eine durchsichtige Tüte aus seiner Jackentasche, öffnete ihren Verschluss und der Kommissar ließ den Erpresserbrief hinein gleiten.

Kommissar Voss stand am Anfang seiner Karriere und brauchte Fahndungserfolge, nun sah er die Chance, sich zu profilieren. Als Ilse Bosner in den Geschäftsunterlagen ihres Mannes die Versicherungspolice fand, welche die Geschäftsleute gegen Diebstahl und räuberische Erpressung absicherte, stellte ihre Hausbank wegen der Dringlichkeit der Lage und der langjährigen, guten geschäftlichen Beziehung zum Haus Grebe noch am selben Tag das Lösegeld bereit.

Am Dienstagmorgen um fünf Uhr betrat Kommissar Voss den Bürgerpark, sein Auto hatte er etwas entfernt in einer der Nebenstraßen abgestellt. Am Parkeingang ärgerte er sich über einen Plastikbeutel, der vor einem Altkleidercontainer lag, aus dessen Schlund Altkleider und Lumpen herausquollen. „Schlamperei", dachte er. „Das Ordnungsamt müsste sie öfter leeren lassen." Aber dann konzentrierte er sich wieder auf das, was nun kommen würde.
Er bezog am Rande des Parks, auf einer kleinen Anhöhe mit einem Brunnen, hinter dem ihn umgebenden, dichten Buschwerk Stellung. Von hier aus konnte er den gesamten Bürgerpark überblicken, vor allem die mächtige Eiche, die einen markanten Punkt im Park darstellte, und die Bank darunter mit dem Abfallkorb. Der Kommissar beobachtete den als Spaziergänger mit Hund getarnten Beamten, der den schwarzen Plastikbeutel mit dem Lösegeld unauffällig in den Abfallkorb legte und dann weiterschlenderte. Seine Leute waren rings um den Park unauffällig postiert und warteten auf sein Zu-

20

griffsignal. Zur so frühen Stunde durchquerten nur wenige Menschen den Park, ein Joker, der vor der Arbeit noch ein paar Runden drehen wollte, ein Hund sprang über die Grünfläche, ein Mann tauchte auf und pfiff nach ihm, eine verwahrloste Frau unbestimmten Alters, offensichtlich eine Obdachlose, schlürfte, einen Einkaufswagen mit ihren Habseligkeiten vor sich herschiebend, auf dem Hauptweg herbei und ließ sich ausgerechnet auf der Bank unter der großen Eiche nieder. Sie wühlte aus dem Einkaufswagen eine Plastiktüte, der sie ein in ein Zeitungspapier gewickeltes Brot entnahm, welches sie in aller Seelenruhe verzerrte, ab und zu warf sie den Spatzen, die sich vor der Bank einfanden, Brotkrümel zu. Kommissar Voss ließ sie nicht aus den Augen, dann wieder schaute er besorgt durch den Park, hoffentlich ließ sich der Kidnapper nicht durch die Alte abhalten. Endlich stand sie ein wenig unsicher auf, warf nochmal einen Blick in den Abfallkorb, wohl um zu sehen, ob sich etwas Brauchbares darin befand, der Kommissar sah einen Moment lang ihren gekrümmten Rücken, warf dann das zerknüllte Zeitungspapier hinein und wackelte, auch die anderen am Weg liegenden Müllkörbe nach etwas Brauchbarem überprüfend, mit ihrem Einkaufswagen davon. Kommissar Voss atmete erleichtert auf und rief über sein Handy seinen Assistenten an.

„Lutz, wenn die Alte den Park verlassen hat, kontrolliere sie und ihren Wagen!"

„Geht klar, Chef!" Wenig später gab er Entwarnung, die Alte war sauber, auch der Korb.

Gegen neun Uhr gab Kommissar Voss das Zeichen zum Abbruch, es hatte keinen Sinn mehr, außer ein paar eilig den Park durchquerenden Leuten und einen gelangweilten Schulschwänzer war niemand zu sehen gewesen, dem Erpresser mussten Bedenken gekommen sein, er würde sich bestimmt wieder melden. Dann aber mussten er und seine Leute feststellen, dass der Abfallkorb unter der Eiche bis auf ein paar Plastikbecher und Cola-Dosen und dem zerknüllten Zeitungspapier der Alten leer war. Die Beamten waren fassungslos, wie nur konnte das passieren? Keinen Moment lang hatten sie den Park und den Abfallkorb aus den Augen gelassen.

Was Kommissar Voss und seine Leute nicht sahen, war die junge, auffallend hübsche, geschmackvoll gekleidete weibliche Person, die gegen Mittag auf hochhackigen Pumps den Park betrat, auf dem Hauptweg bis zur ersten Bank stolzierte, dort kurz stehen blieb, sich flüchtig umsah, dem Abfallkorb eine schwarze Plastiktüte entnahm, sie in ihre Umhängetasche gleiten ließ und dann auf dem gleichen Weg den Park unbehelligt und seelenruhig verließ. In der Marktstraße, gegenüber dem Toom-Markt wartete ihre Chefin, Ilse Bosner, vor dem Café

Pichler auf sie. Sie war wie immer dezent elegant gekleidet.

„Komm, Edith?" meinte sie heiter, „lass uns auf eine Tasse Kaffee hineingehen. Es gibt hier fantastische Obstkuchen!"

Die beiden Frauen gingen in freundschaftlichem Einvernehmen in das Straßencafé, in dem sich wenige Leute aufhielten, und nahmen am Tisch in der Ecke Platz. Nachdem sie Kuchen bestellt hatten, übergab Judith ihrer Chefin den Beutel, die ihn in ihrer großen Umhängetasche verschwinden ließ.

„Fast war ich versucht, mit ihm zu verschwinden". meinte Judith verlegen lächelnd. „Es hätte sich gelohnt."

„Danke, Judith", meinte Ilse ungerührt und lächelte ihre Angestellte und die Geliebte ihres Mannes gewinnend an. „Aber du bist nicht dumm, nicht wahr? Wie hättest du dann meine Geschäftspartnerin werden können? Der kleine Trick heute Morgen, das Lösegeld vor den Augen der Polizei zu schnappen, war wegen der Versicherung notwendig gewesen, jetzt können wie sicher sein, dass sie schnell und problemlos zahlen wird. Meinen Mann vergessen wir am besten, er ist ein Hallodri, er hat die Firma ruiniert und mich und dich betrogen, Judith. Wer weiß mit welcher Person er sich jetzt auf den Cayman Inseln vergnügt. Die Flugtickets, die ich in seinem Schreibtisch fand, waren auf Herrn und Frau Bosner ausgestellt, aber wir wissen beide, dass weder du noch ich damit gemeint sind. Ich sagte dir ja schon, mein Mann hat mein Vermögen mit vielen Frauen durchgebracht, du brauchst ihm also keine Träne nachzuweinen, Judith, ich tu es auch nicht. Wenn die Versicherung bezahlt hat, ist auch das Lösegeld gewaschen, dann können wir die Schulden bezahlen und das Geschäft modernisieren lassen. Dann wirst du meine Teilhaberin und Geschäftsführerin, Judith."

Judith schaute ihre Chefin dankbar an. „Das ist sehr großzügig, Ilse. Ich werde dir eine gute Partnerin sein."

„Das wirst du, Judith. Aber da kommt unser Kuchen. Sieht er nicht lecker aus?"

Ilse Bosner, als ihr Mann sie in der einsam gelegenen Jagdhütte zurücklassen wollte, waren heftige Zweifel gekommen. Als er bei ihren allzu kritischen Fragen seine mühsam aufrechterhaltene Überlegenheit und Ruhe verlor, da wusste sie, ihr Mann würde sie nicht abholen, er würde sie in der Hütte verrotten lassen. „Also", hatte er entnervt gemeint und sich auf die Couch gesetzt, „was schlägst du vor? Sollen wir nun deinen armen Eltern beichten, dass wir pleite sind?"

Ilse hatte ruhig ihre Handtasche genommen und war, eh er sich's versah hinausgelaufen, hatte die Tür verschlossen und den schweren Balken davorgeschoben. Sie hörte ihren Mann drinnen rufen:

24

„Was zum Teufel soll das, Ilse? Mach sofort die Tür auf!" Ilse aber dachte gar nicht daran, sie meinte mit einem ironisch beruhigenden Ton: „Keine Sorge, Theo, wir vertauschen nur die Rollen! Du weißt ja, es ist gut vorgesorgt, es wird dir an nichts fehlen. Hab' Geduld, ich werde dich holen, vielleicht in zwei, drei Woche, vielleicht auch nicht, ich weiß es noch nicht! Ach ja, dein Handy brauchst du hier ja nicht, man könnte dich damit finden, nicht wahr? Ich hab' es sicherheitshalber eingesteckt! Tschüss, Theo, mach's gut!"

Sie hörte ihn drinnen zetern, bitten, flehen, davon ungerührt ging sie zum Auto, setzte sich hinein und ließ den Anlasser an. Die Scheinwerfer bestrahlten kurz die Hütte mit ihren verrammelten Fensterläden. „Da kommt nicht einmal eine Maus heraus", dachte Ilse grimmig, „höchstens durch den Schornstein." Dass sich einer hierher verirren könnte, damit war vorläufig nicht zu rechnen.

Es war stockdunkel, der Mond verbarg sich hinter dicke Wolken, als Ilse langsam durch den Wald zurückfuhr, am nun dunklen, verwaisten Ausflugslokal vorbei und dem See, über dessen stille Fläche kurz die Scheinwerferlichter des BMWs huschten. Dann bog sie in die, zu dieser späten Stunde einsamen Landstraße nach Darmstadt ein. „Bis morgen Früh", dachte sie, „ist noch eine Menge zu tun."

Lisa, die Bedienung des Ausflugslokals im Freizeitpark, nahm wie jeden Abend auch am Mittwochabend die Tageszeitung zur Hand und las auf dem Titelblatt die groß und breit aufgemachte Überschrift: *„Der Juwelier Theo Bosner wird seit Sonntagabend vermisst!"* Darunter befand sich das Foto eines gutaussehenden, eleganten Mannes im mittleren Alter, er trug einen Hut: *„Bisher fehlt von ihm jede Spur"*, las Lisa weiter, *„man gehe von einer Entführung aus. Für sachdienliche Hinweise, die zur Aufklärung des Falls beitragen oder auf den Aufenthaltsort des Vermissten hinweisen, ist eine Belohnung von Zwanzigtausend Euro ausgestellt!"*
Lisa erinnerte sich an das Auto, das sie am Sonntagabend nach dem Regenguss in der Waldschneise gesehen hatte, der Mann, der das Auto anschob, hatte jedenfalls einen Hut getragen. Sie ging zum Telefon und wählte die Nummer der Darmstädter Polizei.

Die breiten Reifenspuren auf dem noch immer matschigen Waldweg führten Kommissar Voss und seinen Gehilfen zur Jagdhütte, in der sie den vermissten, ziemlich verstörten Juwelier vorfanden. Bei seiner Befragung beschuldigte er seine Frau, ihn in die Hütte gelockt zu haben, um das Versicherungsgeld und das Lösegeld zu kassieren und um ihn zu ermorden. Frau Bosner, die daraufhin zu einem Gespräch ins Präsidium geladen wurde, behauptete aber, dass es ursprünglich ihr Mann gewe-

26

sen sei, der eine Entführung vortäuschen und die Versicherungssumme und das Lösegeld kassieren wollte. Er war es, der sie in der Hütte umkommen lassen wollte, sie habe lediglich die Rollen vertauscht.

Schnell wurde klar, vor allem als die katastrophale, finanzielle Lage des Paares und ihre freizügige Lebensweise bekannt wurde, wie sich der wahre Sachverhalt verhalten hatte. Das Paar wurde in Untersuchungshaft genommen und die attraktive Schmuck-Verkäuferin und ehemals Geliebte des Juweliers wegen Beihilfe zum Versicherungsbetrug angezeigt.

Kommissar Voss, als ihn Ilse Bosner fragte, wie man ihren Mann mitten Wald hatte finden können, beantwortete dies gern: „Nun, Frau Bosner, auch Sie haben Spuren hinterlassen, die wir mit Hilfe einer aufmerksamen Zeugin finden konnten, ansonsten wären Sie jetzt eventuell eine Mörderin. Aber seien Sie unbesorgt, Freiheitsberaubung mit billigend Inkaufnahme einer Todesfolge, Erpressung und schwerer Versicherungsbetrug reichen allemal für ein paar Jährchen hinter Gittern aus."

Der Unglückshain

Ulla band sich den Erntebeutel über die dicke Jacke, schlang die Bänder einmal um die Taille und
verknotete sie fest auf dem Bauch. Sie schaute zur
Baumkrone hinauf, die mit knackigen, rotbackigen
Äpfeln schwer beladenen Äste mussten mit Rund-
stäben abgestützt werden. So früh am Morgen war
es noch recht frisch und einsam hier draußen, aber
das war Ulla gerade recht, so konnte sie ungestört
arbeiten. Den letzten Baum im Hain hatten die
Pflücker nicht angerührt, sie hatten ihn ängstlich
wie eine ansteckende Krankheit gemieden. Er sei
ein Unglücksbaum hatten sie behauptet, der vorhe-
rige Besitzer hätte sich daran aufgehängt.
„Tragisch", dachte Ulla, aber was auch passiert ist,
es ging sie nichts an, sie war nicht dafür verant-
wortlich, solche Gefühle und einen solchen Aber-
glauben konnte und wollte sie sich nicht leisten.
Unglückliche Familiengeschichten gab es schließlich immer und wird es immer geben."
Sie stieg die stabile Sprossenleiter hinauf und begann mit geübten Griffen die Äpfel in den Erntebeutel zu pflücken. Er füllte sich rasch.
Gut, in gewisser Weise waren ihr Mann und sie die
Nutznießer dieser Familientragödie gewesen, sie
waren die einzigen gewesen, die den Hain wollten

und konnten ihn im Frühjahr für „`'nen Appel und ,'nen Ei" sozusagen ersteigern. Zuvor hatte er jahrelang brach gelegen und war deshalb ziemlich verwildert, aber das Gehölz an sich war gesund und der Boskoop hatte sich überraschend gut entwickelt. Er hatte ein festes Fruchtfleisch und einen säuerlichen Geschmack, der ideale Weihnachtsapfel also, und er war hervorragend zum Einlagern geeignet. Dieser Apfelhain war ein wahrer Glückskauf gewesen, muss man sagen.

Ulla stieg schwer beladen von der Leiter und entleerte ihren Erntebeutel in einen der Körbe unterm Baum. Wenn ihr Mann am Mittag wie vereinbart mit dem Trecker kommt, dann könnte sie mit dem Pflücken fertig sein.

Da sah sie am Feldweg wieder die einsame, dunkle Gestalt stehen, die schon während der Apfelernte beinahe täglich eine Weile dort gestanden und den Leuten beim Pflücken zugeschaut hatte. Weil sie nach einer Weile immer weitergegangen war, hatte es keinen gestört, aber dieses Mal kam sie über die Wiese auf Ulla zu.

„Guten Morgen", grüßte sie, Ulla blickte in ein nicht mehr junges, anrührend melancholisches Gesicht und erwiderte den Gruß.

„Die Äpfel sind dieses Jahr sehr gut geraten, nicht wahr?", meinte die Frau, in den Korb mit den eben gepflückten Äpfeln schauend.

„Oh, ja", antwortete Ulla freundlich, „zum Glück. Es braucht nicht viel, ein verregneter Sommer, ein zu milder Winter und die Arbeit eines ganzen Jahres ist gefährdet."

„Ich weiß", meinte die Frau. „Ist es erlaubt, ein paar Falläpfel aufzulesen und mitzunehmen?"

„Sicher", meinte Ulla, „so viel Sie wollen. Wir lassen sie gewöhnlich für die Tiere liegen. Aber entschuldigen Sie mich bitte, ich muss mich sputen. Bis Mittag sollte der Baum abgepflückt sein, wissen Sie!"

Während Ulla wieder die Leiter hinaufstieg, zog die Frau einen Stoffbeutel aus ihrer Jackentasche und sammelte einige, schon leicht wurmige oder angefaulte Äpfel hinein. Dann grüßte sie noch einmal zu Ulla hinauf und schritt langsam und bedächtig über die Wiese davon.

Lisa Huber trug die Äpfel wie ein Unterpfand zum Haus ihrer Schwiegereltern, in dem sie seit dem Unglück im Souterrain, in der kleinen Einliegerwohnung wohnte. Früher wurde sie als Gästewohnung genutzt, hauptsächlich von ihrem Schwager Kay, dem Bruder ihres verstorbenen Mannes, und dessen Familie, die ab und zu saubere Landluft schnuppern wollte. Ihre Kinder, Steffen und Laura, hatte es geheißen, können sich hier richtig austoben, wozu sie in der Stadt wenig Gelegenheit haben. Jetzt kam Kay meistens allein und nur noch selten vorbei, um nach den Eltern, vielleicht auch nach der Schwägerin zu schauen.

In ihrer kleinen Wohnküche legte Lisa die Äpfel in das Spülbecken, wusch und schälte sie, entfernte die Kerngehäuse und die faulen Stellen und schnitt sie in dünne Streifen. Als sie auf dem Esstisch, in einer Glasschale für den Strudel bereitstanden, setzte sie sich davor und vertiefte sich in ihren Anblick.

„Es sind unsere Äpfel, Adam", dachte sie bedrückt, „aus unserem Hain. Dieses Jahr ist ein gutes Apfeljahr, die Äpfel sind so schön wie eh und je. Sei unbesorgt", ihr Blick wanderte zum Sideboard hinüber, auf dem ein silbergerahmtes Hochzeitsbild stand, „noch heute wirst du gesühnt sein."

Jener Nachmittag vor drei Jahren kam ihr in den Sinn, sie dachte jeden Tag, jede Stunde daran, und wieder kroch das Grauen in ihr hoch und lähmte sie, nahm ihr den Atem, so wie damals, als sie den handgeschriebenen Zettel auf dem Küchentisch fand. Er war Adams Abschiedsbrief gewesen, sein verzweifeltes, anklagendes Vermächtnis. Sie verwahrte ihn zu Unters in der Schublade ihres Nachtkästchens auf und holte ihn nie hervor, um ihn zu lesen. Das brauchte sie nicht, denn jedes Wort, jede Silbe, jeder Buchstabe hatte sich ihr tief in die Seele eingebrannt. Auf dem Zettel stand, mit zitternder, flüchtiger Hand, aber unverkennbar mit seiner Schrift geschrieben: *„Lisa, meine geliebte Frau! Wir haben alles verloren. Es tut mir unendlich leid,*

31

aber ich kann nicht mehr, ich bin am Ende. Verzeih' mir, Adam. "

Die Buchstaben waren ihr vor den Augen verschwommen, sie war panisch durchs Haus gelaufen, durch den Hof, die Scheune, den Garten, hatte ihn gesucht, voller Angst nach ihm gerufen, nach Adam, ihrem Mann, sie konnte ihn nirgends finden. Schließlich hatte sie die Schwiegereltern angerufen, sie wohnen im gleichen Ort, dann seine Schwester, die mit ihrer Familie im Nachbarort wohnt, aber auch dort war Adam nicht. Voll schlimmer Vorahnung war sie zum Apfelhain, den er so liebte und jetzt vergiftet und zerstört war, hinausgefahren. Ja, und dort hatte sie ihn gefunden, er hing an einen seiner Bäume. Sie hatte seine Beine umfasst, wollte ihn retten, redete mit ihm wirres Zeug. „Wir schaffen es, Adam, glaube mir, bitte bleib bei mir, ich verspreche es, wir schaffen es, alles wird gut!"
Die Schwiegereltern und die Schwägerin kamen und die Polizei, die sie schließlich mit Gewalt vom Erhängten und vom Hain wegbrachten.
Die Beerdigung und die Zeit danach überstand Lisa dank starker Beruhigungsmittel wie im Koma, sie redete und reagierte mechanisch und willenlos wie ein Roboter. Die Schwiegereltern holten sie bald zu sich ins Haus, sie schirmten sie von allem ab, was sie aufregen könnte. Die Beileidsbekundungen zum Beispiel, und das Ortsblatt und die Zeitungen, in denen über den Suizid des angesehen Obstbauern

ausgiebig spekuliert und resümiert wurde, räumten sie sorgsam weg, auch die Versteigerung des Hauses und des Apfelhains erwähnten sie mit keinem Wort, es interessierte Lisa auch nicht. Sie ging kaum noch vor die Tür, nur noch dunkel gekleidet und mit müden Schritten zum Kirchhof, jeden Tag zur selben Stunde. Dort pflegte und hegte sie Adams Grab und verweilte viele Stunden im tiefen Zwiegespräch mit ihm.

Als im dritten Jahr nach dem Unglück im Frühjahr die Bäume anfingen zu blühen, da trat bei Lisa eine gewisse Veränderung ein, die Familie freute es, Lisa schien sich endlich zu erholen. Sie kleidete sich zwar immer noch dunkel und lebte still und zurückgezogen, war auch sonst ein wenig seltsam, daran hatte man sich gewöhnt, aber nun liebte sie es, nach dem Friedhofsbesuch stundenlang bei Wind und Wetter durch die blühenden Wiesen und sprießenden Felder zu streifen, die Vögel zu belauschen und sie bei ihrem Nestbau zu beobachten. Wie von ungefähr kam sie dabei, ohne dass sie es beabsichtigt hätte, an dem Apfelhain vorbei, der einmal Adams und ihr ganzer Stolz gewesen war. Sie sah, dass das wuchernde Gras zwischen den Stämmen gemäht wurde, die Stämme mit Schädlingsschutz bestrichen und die Zweige beschnitten waren, sie sah winzige, grüne Äpfelchen in großer Zahl heranreifen. Lisa sah es mit Freude und mit Trauer, denn Adam konnte sie nicht sehen, nicht mit den Augen eines stolzen Obstbauern. Zudem zeigte Lisa wieder mehr Interesse an der Familie, sie fragte des Öfteren nach ihr, vor allem nach Kay und seiner Familie.

Lisa fühlte sich mehr und mehr magisch von dem Hain angezogen, in dem sie jeden einzelnen Baum kannte, jeder einzelne war unter ihrer und Adams Pflege herangewachsen und hatte Jahr für Jahr reiche und gute Ernte gebracht. Wenn sie davor stand, praktisch jeden Tag, dann kam sie ins Träumen und fühlte sich in glückliche Zeiten zurückversetzt, und in jene Zeit, als das Unglück begann.

Auch damals standen nach einem milden Winter im Frühjahr die Bäume in voller Blüte, die mit ihrem Duft und ihrem Leuchten ganze summende und fleißige Bienenvölker anlockten, auch damals durften sie auf ein gutes Apfeljahr hoffen, auf eine gute Ernte. Als an den Zweigen grüne Äpfelchen in großer Zahl heranreiften, da entdeckt Adam das Spinngewebe, das sich unmerklich über die Zweige und die Äpfelchen gelegt hatte. Er hatte mit seinem jüngeren Bruder Kay, er war ein Doktor der Biologie, telefoniert und ihn um Rat gefragt. Kay war auch gleich gekommen und hatte mit Adam und einem Vergrößerungsglas den Hain inspiziert.

„Noch nicht dramatisch", hatte er beruhigend gemeint. „Es ist die gemeine Gespinstmotte. Allerdings, wenn man nichts dagegen unternimmt, kann sie in kürzester Zeit einen ganzen Hain ersticken.

Aber du hast Glück, Adam", fügte er hinzu und legte Adam brüderlich den Arm um die Schultern, „zufällig arbeite ich gerade mit einigen Kollegen an einem sehr vielversprechenden Gegenmittel. Alle bisherigen Versuche haben gezeigt, dass es ausschließlich und wirkungsvoll die Gespinstmotte und ähnliche Schädlinge vernichtet, die umgebende Flora und Fauna aber verschont bleibt. Demnächst werden wir es zum Patent anmelden."

Adam war erleichtert, er hatte seinem Bruder vertraut, schließlich war er Doktor der Biologie. Schon am folgenden Wochenende waren die Brüder mit Mundmasken und Schutzbekleidung ausgestattet, mit großen Sprühflaschen durch den Apfelhain gegangen und hatten die Bäume tüchtig besprüht. Adam war dem Bruder unendlich dankbar gewesen, er hatte sogar von dem Chemiekonzern, in dem Kay beschäftigt war, Aktien gekauft. „Besser kannst du derzeit dein Geld gar nicht anlegen", hatte Kay gemeint. „Ich selbst habe mich auch ordentlich damit eingedeckt."

Und tatsächlich, das Spinngewebe verschwand und die Äpfel gediehen prächtig. Im Laufe der nächsten Wochen und Monate allerdings hatten sie zuerst vereinzelt, dann immer häufiger verendete Tiere wie Vögel, Hasen, Rehe, Mäuse oder Hamster mit seltsam verdrehten Augen und weißem Schaum vor den Schnäbeln und Mäulern im Hain gefunden.

Adam unterrichtete besorgt seinen Bruder davon, der aber hatte ihn beruhigt und gemeint: „Das kann viele Ursachen haben, aber, da sei ganz beruhigt, an meinem Schädlingsbekämpfungsmittel liegt es sicher nicht, es ist hinreichend getestet. Aber wenn es dich beruhigt, dann komme ich bei Gelegenheit vorbei und schau mir den Hain einmal an."

Aber nicht er kam, sondern eine niederschmetternde Hiobsnachricht, denn Kay teilte seinem Bruder telefonisch und äußerst aufgeregt mit, dass das restliche Pestizid sofort sichergestellt werden müsse, die Äpfel zu vernichten seien und der Hain einige Jahre ruhen müsse, er dürfe vorerst auf keinen Fall weiterbewirtschaftet werden, denn er sei verseucht. Seine Rezeptur habe sich als Flop erwiesen.

Für Adam und Lisa war es ein furchtbarer Schock gewesen, trotzdem erledigten sie umgehend alles, was Kay angeordnet hatte. Sie zogen sich Overalls über, schlüpften in Arbeitshandschuhe, banden sich Gesichtsmasken um und pflückten den gesamten Apfelhain gründlich ab, danach verbrannten sie die Äpfel samt den Körben und der Schutzbekleidung Noch hatten sie geglaubt, die Versicherung würde für den Schaden aufkommen, was sich allerdings als Irrtum herausstellen sollte, denn der Versicherungsagent bekam heraus, dass das verwendete Pestizid noch gar nicht freigegeben worden war, also auf eigenes Risiko verwendet wurde und daher kein Versicherungsfall vorliege. Das war schlimm genug, aber dann stürzten die Aktien des Chemiekonzerns, in dem Kay arbeitete, ins bodenlose, Adam hatte im Vertrauen ihre ganzen Rücklagen darauf gesetzt, jetzt waren sie pleite. Aber Adam hatte nicht aufgegeben, er wollte die Zeit, in der der Hain brachliegen musste, mit einem Kredit überbrücken. Das war im Grunde kein Problem, nur musste die Bank wegen Adams prägnanter Finanzlage, wie sich der junge, dynamische Bänker ausdrückte, auf einen Bürgen bestehen. Adam bat seinen Bruder um diese Gefälligkeit, die alten Eltern wollte er nicht damit belästigen, aber Kai reagiert kühl und abweisend. „Meinst du, mir geht es besser?", hatte er kurz angebunden gefragt. „Ich bin genauso pleite wie du, ich kann heilfroh sein, wenn mich meine Firma nicht rausschmeißt."

Das war für Adam wie ein Faustschlag mitten ins Gesicht gewesen und schlimmer, als alles andere zuvor. Selbst nach seinem Tod wurde Kai von der Familie als der vom Unglück verfolgte Held bedauert, was für Lisa kaum zu ertragen gewesen war. Niemand sah, dass nicht Kai das Opfer war, sondern Adam. Adam hatte seinem Bruder vertraut und Kay hatte ihren Hain als Versuchsobjekt für seine Erfindung missbraucht. Und als Adam dringend seine Hilfe bedurfte, da ließ ihn Kay schmählich in Stich. Kay war schuld an Adams Tod, er war schuldig und musste bestraft werden.

Diese Erkenntnis reifte in all den Jahren langsam in Lisa heran, *Kay war schuldig und musste bestraft werden.* Niemand anderer als sie selbst musste es tun.

Heute würde es geschehen, heute hatte er sich bei seinen Eltern angesagt. Noch heute würde sich sein und ihr Schicksal besiegeln. Noch heute.

Lisa band sich ihre Schürze um, beträufelte die Apfelscheiben mit etwas Rum und dem Pestizid, das Adam damals vergessen hatte zu entsorgen, es stand noch im Schuppen, im Regal zwischen den anderen Sprühdosen. Dann rollte sie den vorbereiteten Strudelteig auf einem gut bemehlten Geschirrtuch mit einer Teigrolle dünn aus, bestrich ihn mit saurer Sahne, belegte ihn dick mit den Apfelscheiben, bestreute diese reichlich mit Nüssen, Rosinen, Zucker und Zimt, so mochte ihn Kay am liebsten, rollte das Ganze geschickt mit Hilfe des Geschirrtuchs zu einem Strudel auf, ließ ihn auf ein gefettetes Backblech gleiten, das sie auf die mittlere Schiene des vorgeheizten Ofenrohres schob. Die leere Pestizid- Flasche warf sie in den Eimer mit dem Altglas.

Hin und wieder zog sie den sich langsam bräunenden Strudel aus dem Rohr und bestrich ihn mit Butter. Sie wartete auf ihren Schwager.

Als sie ihn kommen hörte, öffnete sie ihre Wohnungstür und grüßte ihn.

„Hallo, Kay!"

„Hallo, Lisa", grüßte auch er. „Wie geht es dir?"

„Kommst du auf ein Stück Apfelstrudel herein? Er ist gerade fertig geworden und noch warm!"

Kay konnte dem köstlichen Duft, der aus Lisas Wohnung strömte, nicht widerstehen, er folgte seiner Schwägerin in ihre kleine Küche. Auf dem Küchentisch lag er bereit, unwiderstehlich und dick mit Puderzucker bestäubt. Lisa schnitt zwei große Stücke davon ab und legte sie auf die bereitstehenden Teller. Kay setzte sich und aß mit gewohnt gutem Appetit, er war überzeugt davon, dass seine Schwägerin mit Abstand den besten Apfelstrudel im Odenwald und überhaupt außerhalb des Bayernlandes buk, auch wenn er dieses Mal einen leicht nussigen Nachgeschmack hatte, fand er.

„Wie immer ganz köstlich. Lisa", lobte er sie. „Es freut mich", fügte er, sie freundlich anlächelnd hinzu, „dass es dir wieder besser geht. Du hast uns ziemliche Sorgen gemacht, weißt du."

Er schob den letzten Bissen in den Mund und schaute kauend zu, wie auch Lisa ihren Strudel bis auf den letzten Krümel aufaß, dann erhob er sich.

„Danke, Lisa, es war schön dich zu sehen. Eh` ich es vergesse, ich soll dich schön von Marion und den Kindern grüßen. Bis ein andermal, Lisa. Tschüss."

„Tschüss Kai, bis bald. Wir sind alle in Gottes Hand.", meinte sie wehmütig lächelnd.

Kay wunderte sich nicht weiter über diese Worte, seine Schwägerin war nun mal seit damals ein wenig seltsam. Als er gegangen war, ließ Lisa den restlichen Strudel in einen Plastikbeutel gleiten und trug ihn hinaus zur Restmülltonne.

Am Abend saß sie an ihrem Frisiertischchen, bürstete sich sorgsam das Haar, zog sich etwas die Lippen nach und lächelte ihr Spiegelbild an, dann streifte sie ihr schönstes Nachtkleid über und legte sich ins Bett. Sie wartete auf Adam, ihren Mann, denn heute würde sie ihn wiedersehen.
Als die Stubentür aufging und er erschien, stand sie auf und ging ihm heiter entgegen. Sie reichte ihm die Hände, dann schwebte sie mit ihm durch die laue Nacht, den vertrauten Ort mit den Apfelhainen und die herbstliche Landschaft hinter sich lassend, davon.

Kay übernachtete dieses Mal bei seinen Eltern, in seinem ehemaligen Zimmer, denn gleich morgen Früh hatte er in Aschaffenburg ein Arbeits- Meeting. Ein ungutes Gefühl hielt ihn lange wach. Als sich irgendwann in der Nacht die Stubentür öffnete und ihm eine männliche Gestalt zuwinkte, da erkannte er mit Grauen seinen vor drei Jahren verstorbenen Bruder Adam. „Komm", hörte er ihn hauchen.

„Adam", murmelte er starr vor Schreck, dann erhob er sich wie unter einem Zwang vom Bett und folgte dem Bruder hinaus auf die Straße, durch den Ort, bis hin zum Apfelhain, der seit dem Unglück von keinem Familienmitglied mehr betreten worden war. Die kräftigen, kleinen Bäume trugen reichlich grüne Äpfelchen, so wie damals, und Kay sah mit Entsetzten, wie sein Bruder auf eine Apfelkiste stieg und sich einen Strick um den Hals legte. „Nein, Adam", flehte er, „bitte tu es nicht."

„Warum hast du mir deine Hilfe versagt, Bruder!", kam es kaum hörbar von Adams bleichen Lippen, in Kais Ohren aber hallten sie wie Donnerschläge. „Warum hast du mir nicht geholfen! Es wäre dir ein Leichtes gewesen."

Kai fiel auf die Knie, er rang die Hände und jammerte und weinte. „Verzeih mir, Adam", bettelte er, „ich wollte es ja, glaube mir, aber ich konnte nicht. Meine Frau, sie hätte mich mit den Kindern verlassen! Verzeih mir, Adam, es tut mir so entsetzlich leid."

„Möge Gott dir verzeihen, Kay!", hörte Kay den Bruder hauchen, dann sah er, wie er sich im Todeskampf wand.

Am nächsten Tag fanden ihn Spaziergänger mit seltsam verrenkten Gliedern, schreckgeweiteten Augen und mit Schaum vor dem Mund in dem Hain, der einmal seinem Bruder gehört hatte, kurioser Weise nur mit einem Pyjama bekleidet und unter dem Baum, an dem man seinen Bruder vor drei Jahren erhängt aufgefunden hatte.

Jede Hilfe kam zu spät. Herzversagen, diagnostizierte der eilig herbeigerufene Arzt. Für die Familie Huber kam das völlig überraschend, denn Kay war im besten Mannesalter und zudem kerngesund. Was er mitten in der Nacht, nur mit einem Pyjama bekleidet ausgerechnet in dem Apfelhain gesucht hate, der von der Familie seit damals peinlich gemieden wurde, das konnte sich keiner erklären und würde wohl auch ein Geheimnis bleiben.

Als Lisa zu sich kam, sah sie sich von Schläuchen, Infusionsflaschen und blinkenden Geräten umgeben, sie lag in der Intensiv- Station eines Krankenhauses. Ihre Schwiegermutter und die Schwägerin waren anwesend, schwarzgekleidet, und als Lisa ihre bekümmerten Gesichter und verweinten Augen sah, da wusste sie, jetzt hatte alles seine Ordnung. Zwar erwähnte niemand, wohl aus Rücksicht auf ihren labilen Zustand, den nun zweiten Todesfall, den die Familie in so relativ kurzer Zeit ereilt hatte, aber das war auch nicht nötig.

Auch als sie später, viel später erfuhr, dass der Hain wohl wegen des zweiten, mysteriösen Todesfalles aufgegeben, abgeholzt und die Bäume verbrannt worden waren und der Hain seither brach lag, weil ihn keiner haben wollte, hatte das für Lisa keinerlei Bedeutung.

Im Morast

Was veranlasst einen bis dato völlig unbescholtenen, aus geordneten Verhältnissen stammenden Studenten, ein brutaler Mörder zu werden? Andererseits muss man sich fragen, könnte nicht auch ich unter bestimmten Umständen zum Mörder werden?"

Mark Dony zum Beispiel war ein nicht übermäßig begabter, aber ein umso ehrgeizigerer Chemiestudent an der Technischen Hochschule Darmstadt. An dem Abend, als er auf dem Weg zu seiner Verlobung mit der Brauereitochter Klara Zander war, fühlte er sich am Ziel seiner Träume. Mit dieser Verlobung würde er in den feinen Geldadel aufsteigen, was einem Normalsterblichen wie ihn, einem jungen Mann aus mehr als bescheidenen Verhältnissen, normalerweise versagt blieb. Neben ihm auf dem Beifahrersitz saß Frau Dony, seine Oma, sie war seine nächste und einzige Verwandte.

Mark bog mit dem von einem Studienfreund geliehenen VW Golf in den Parkplatz des Schlossrestaurants ein und parkte ihn zwischen einem dicken BMW und einem Mercedes. Er stieg aus und half dann seiner Oma beim Aussteigen. Bevor er mit ihr die Steinstufen zum Eingang des Restaurants hinaufstieg, strich er sich den geliehenen, dunklen Anzug glatt, schaute zu den großen, oben gerundeten, hellerleuchteten Fenstern im hochgelegenen, ersten Stockwerk hinauf und wappnete sich für seinen großen Auftritt. Er betrat mit seiner Oma am Arm den Eingangsbereich mit der Garderobe, dann, die vor Aufregung zitternde Hand seiner Oma aufmunternd drückend, den festlich geschmückten Saal, in dem sich bereits eine heitere Gesellschaft eingefunden hatte. Als Mark mit seiner Oma und einen prächtigen Strauß roter Rosen über die freie Fläche zum Tisch seiner zukünftigen Schwiegereltern schritt, verstummte das Stimmengewirr deutlich und die Aufmerksamkeit der Festgäste richtete sich einen Moment lang auf den jungen Mann und seine Begleiterin, Mark wurde interessiert und durchaus wohlwollend gemustert. Am Tisch der Zanders angelangt, verneigte sich Mark artig und überreichte Frau Zander den Rosenstrauß, die anderen Herrschaften am Tisch kannte er nicht, es mochten wohl Verwandte seiner Braut und Freunde der Familie sein. Er verbeugte sich reihum und stellte seine Oma und sich selbst vor. Man bat Frau Dony freundlich sich mit an den Tisch zu setzen, damit sich Mark zur Jugend gesellen könne.

„Für Formalitäten ist später Zeit, Mark", meinte Herr Zander augenzwinkernd. „Nehme an, es zieht dich jetzt zu deiner Braut, nicht wahr? Geh nur immer dem größtem Lärm nach, dann wirst du Klara schon finden!"

Herr Zander, ein fülliger Mann in den besten Jahren, trug einen schwarzen Frack, der seine schwerfällige Figur vorteilhaft streckte, auf seiner Weste baumelte eine goldene Kette, deren Ende in der linken Westentasche verschwand, natürlich war auch die Taschenuhr daran aus hochkarätigem Gold, wusste Mark. Die Ärmelbündchen seines mattglänzenden Satinhemdes wurden mit diamantenbesetzten Manschettenknöpfen veredelt, auch auf seiner Krawattennadel glitzerte eine Reihe kleiner Diamanten. Es war offensichtlich, Herr Zander liebte den Luxus und trug ihn mit selbstgefälligem Gebaren zur Schau. Mark, der immer in allen Dingen zurückstecken musste und mit den meisten seiner Freunde nicht mithalten konnte, war davon tief beeindruckt.

Die Kapelle stimmte einen Walzer an.

„Das hat keine Eile", meinte Mark galant und verbeugte sich vor Frau Zander. „Gnädige Frau, darf ich um diesen Tanz bitten? Es wäre mir eine große Freude und Ehre."

Frau Zander trug ein elegantes, langes, schwarzes Abendkleid, dazu eine halsnahe, diamantenschimmernde Halskette und einen dazu passenden Armreif. Im Gegensatz zu ihrem Mann war sie eine dezente, angenehme Erscheinung, was sich durch ihre liebenswürdige Art noch verstärkte. Sie erhob sich und ließ sich von ihrem jungen Kavalier auf die Tanzfläche führen. Mark war sich bewusst, dass alle Augen auf ihn ruhten, er führte seine Dame sicher durch die Tanzenden und beantwortete witzig und charmant ihre Fragen. Er schwelgte im Glück, denn mit dem heutigen Abend würden sich alle seine Wünsche und Träume erfüllen. Er, der arme Student, gehörte nun durch die Verlobung mit der aparten und klugen Klara Zander zu den Schönen und Reichen. Das armselige Dasein und das ewige Knausern hatte nun ein Ende.

Der Abend erreichte seinen Höhepunkt, als Herr Zander seine Tochter und Mark zum Podium hinaufführte und die Kapelle einen kräftigen Tusch schmetterte. Die Gäste verstummten und schauten zu Herrn Zander, dem stattlichen Brautvater, der sichtlich gerührt die Verlobung seiner entzückenden Tochter Klara mit dem Chemiestudenten Mark Dony verkündete, sie zeigten mit einem freundlichen Applaus ihre Sympathie, auch für den netten Verlobten, der sich dankend lächelnd verbeugte. Dann erklärte Herr Zander das Büfett für eröffnet.

Es war kurz nach zweiundzwanzig Uhr, als Oma Dony ihren Enkel bat, sie nach Hause zu bringen, sie sei müde und fühle sich in der feinen, gezierten Gesellschaft nicht sehr wohl. Mark hatte schon darauf gewartet, er entschuldigte sich bei seiner Verlobten und bei deren Eltern, versprach, so bald wie möglich zurück zu sein, nahm den Arm seiner Oma und führte sie hinaus. Kaum einer der Gäste nahm Notiz davon.

„Mein Gott, Mark!" meinte Oma Dony während der Heimfahrt, „wenn das deine Eltern noch erlebt hätten!"

Marks Eltern waren auf regennasser Straße bei einem Überholmanöver von der Straße abgekommen, eine Böschung hinabgestürzt und dabei ums Leben gekommen, Mark, damals fünfjährig, hatte wie durch ein Wunder im Fond des Wagens, im Kindersitz das Unglück überlebt. Seither lebte er bei seiner Oma im zweiten Stock eines Miethauses, in einer Zweizimmerwohnung.

Mark parkte den Wagen vor dem Mietshaus und brachte seine Oma hinauf in die kleine Wohnung. Dort küsste er sie auf die Wange, wünschte ihr eine gute Nacht und verabschiedete sich gleich wieder, was Frau Dony nicht verwunderte, schließlich warteten seine Verlobte und viele Gäste auf ihn. „Hoffentlich verliert der Junge bei all dem Überfluss und Luxus nicht den Boden unter den Füßen", dachte sie besorgt.

Mark fuhr zurück. Der Herbstwind, der schon den ganzen Tag über geweht hatte, hatte sich zu einem Sturm entwickelt, Mark musste bei den gelegentlichen orkanstarken Windböen kräftig gegensteuern. Er tat es automatisch, denn in Gedanken war er bei dem, was jetzt getan werden musste. Er fuhr am hell erleuchteten Schlossrestaurant vorbei, in den dunklen Stadtforst hinein, neben dem Weg verlief ein Graben voll mit feuchtem, moderndem Laub und Totholz. „Hier kann eine Leiche für lange Zeit spurlos verschwinden", dachte Mark.

Der Wald rauschte und tobte um ihn her, Mark hörte und sah es kaum, er hielt den Wagen an und öffnete die Tür, er wollte aussteigen, doch da neigte sich ein Schatten auf das Fahrzeug herab, viel zu überraschend, als dass er hätte bewusst reagieren können, er ließ sich impulsiv auf den Sitz zurückfallen und warf zugleich die Wagentür zu, gleichzeitig gab es einen dumpfen Schlag auf das Autodach, das mit einem hässlichen Knirschen eingedrückt wurde. Mark zog instinktiv den Kopf ein und legte schützend seine Arme darüber. Als er aufblickte, war er vom wirren Geäst einer Tanne umgeben, durch das sich das Scheinwerferlicht grell hindurch stahl. Er versuchte die Autotür zu öffnen, mit aller Macht, es ging nicht, der Rahmen schien verzogen zu sein. Verzweiflung stieg in ihm auf, er war gefangen im Forst, unter einer Tanne begraben, in greifbarer Nähe seiner Verlobungsfeier und auf Tuchfühlung mit der Leiche seiner verhassten, ehemaligen Geliebten.

In den folgenden, langen Stunden zogen die Ereignisse des vergangenen Jahres wie ein Film vor seinem geistigen Auge vorbei. Er fühlte wieder den

48

verletzten Stolz, als ihm seine Freundin, die aparte Studentin Klara Zander, nach einem zauberhaften Sommer wegen dieses jämmerlichen James Dean-Verschnitts Denis den Laufpass gegeben hatte. Als er es kapierte, kapieren und akzeptieren musste, da hatte er Zerstreuung und Ablenkung gesucht, fast jede Nacht zog er mit einigen Kumpels durch die wüstesten Kneipen der Stadt und betrank sich, soweit es seine karge Barschaft und die Spendierhosen seiner Freunde hergaben. Eines Abends machte ihn sein bester Freund Fred auf ein Mädchen aufmerksam, er meinte, sie würde fast jeden Abend allein oder mit anderen Mädchen hier auftauchen und immer mit einem Kerl, jedes Mal mit einem anderen verschwinden. „Wenn du Trost brauchst, Mark", hatte er augenzwinkernd gemeint und Mark seinen Autoschlüssel zugeschoben, „dann geh zu Karo, sie ist die richtige Seelentrösterin für jemanden wie dich." Fred war eben ein wirklich wahrer, fürsorglicher Freund.

Mark kannte das Mädchen, bei diversen Kneipentouren hatte er sie schon gesehen, aber nie richtig wahrgenommen, nun schaute er sie genauer an. Sie saß mit einer Gruppe kichernder Mädchen an der Bar und schien sich prima zu amüsieren. Sie sah nicht übel aus, fand Mark, ein wenig pummelig zwar, mit gefärbtem, toupiertem Blondhaar und viel zu stark geschminkt, aber leidlich hübsch. Er nickte

Fred zu, steckte den Autoschlüssel ein und schlenderte zu der Mädchengruppe hinüber.

„Hallo, Karo", grüßte er, worauf sich die anderen Mädchen erhoben, sich dezent entfernten und an einem der Tische niederließen. Mark fragte Karo, ob er sich zu ihr setzen und einen ausgeben dürfe. Karo wollte ein Tonicwater, Mark bestellte eins, er selbst hatte sich sein Bier mitgebracht. Während Karo ihr Tonicwater schlürfte, erzählte sie großspurig, dass sie die Leitende im Supermarkt sei und zehn Leute unter sich habe. Mark gab sich den Anschein, als sei er beeindruckt und höre ihr interessiert zu, dabei betrachtete er sie unauffällig. Er sah den nachwachsenden, dunklen Haaransatz an ihrem Scheitel und den Schläfen, das toupierte, etwas strähnig abstehende Blondhaar, die schwarzen, gerundeten Striche, die die Brauen ersetzten und die wie bei einer Sphinx dunkel umrandeten. wasserblauen Augen. „Was soll's", dachte sich Mark, nahm einen kräftigen Schluck Bier aus seinem Glas und ging auf's Ganze. Er schlug vor, ein wenig nach draußen zu gehen. Karo hatte nichts dagegen.

Von nun an trafen sie sich beinahe jeden Abend in der Kneipe und gingen nach einem Trink hinaus auf den Parkplatz, wo Fred sein Auto vor dem den Platz abgrenzenden Nadelgesträuch abgestellt hatte. Aber dann fand Fred, dass es genug sei mit der Großzügigkeit und der Fürsorge, zufällig habe er sich auch noch um andere Dinge zu kümmern, als um die Seelennöte des Freundes, und kam nicht mehr. Mark und Karo suchten sich notgedrungen eine verschwiegene Absteige in der Nähe, in der sie für billiges Geld ein schäbiges Zimmer für ein bis zwei Stunden mieten konnten. Sie mussten es im Voraus bezahlen, was sie abwechselnd taten.

Das ging solange gut, bis Mark keine Lust mehr auf Karo und ihren Liebeshunger hatte, zumal sie anfing auf jedes weibliche Wesen, das sich Mark auf zwei Schritte näherte, eifersüchtig zu sein, nicht selten machte sie ihm deswegen die vollen zwei bezahlten Schäferstunden Vorwürfe. Er wollte die Beziehung lösen, aber da hatte er die Rechnung ohne Karo gemacht, sie dachte gar nicht daran, ihn laufen zu lassen. Sie wollte Mark haben und zwar ganz und gar. Bei einem der Treffen beichtete sie ihm überraschend, dass sie schwanger sei. Mark blieb gelassen.

„Keine Sorge", meinte er. „Für relativ wenig Geld bringt das ein mir bekannter Medizinstudent in Ordnung." Das hoffte er jedenfalls.

Bei Karo allerdings löste sein Vorschlag einen kleinen Nervenzusammenbruch aus. Sie schluchzte hemmungslos, zwischendurch jammerte sie mit zitternden Lippen, „du willst unser Kind ermorden", worauf weitere Weinkrämpfe folgten.

Mark war zunächst ziemlich hilflos, als sie sich etwas zu beruhigen schien, versuchte er sie zu trösten. „Aber, Karo", meinte er besänftigend, „es sind nur ein paar Zellen, weiter nichts."

Aber das konnte Karo nicht wirklich beruhigen, im Gegenteil, sie klammerte sich weinend an Mark, verteilte ihre Schminke auf seinem T Shirt und jammerte, von Weinen und Schluchzen geschüttelt: „Nein, nein, niemals könnte ich so etwas tun, Mark. Niemals."

Gerade um diese Zeit setzte sich in der Mensa seine ehemalige, unvergessene Freundin Klara neben ihn und erzählte beiläufig, dass sie den Aufschneider Denis zum Teufel gejagt habe. Er habe sich als Versager und Langweiler entpuppt, behauptete sie, während sie sich ihr Gemüse und den Saft schmecken ließ.

„Meine Worte", dachte Mark zufrieden und machte ein bedauerndes Gesicht. Auch wenn Klara nicht unbedingt einen unglücklichen Eindruck machte, so glaubte er doch, sie trösten und von ihrer Enttäuschung ablenken zu müssen, er lud sie ins Kino ein. In den Logensesseln dann versicherte sie, dass Denis ein bedauernswerter Irrtum, ein unverzeihlicher Fehler gewesen und es mit ihm ein für allemal aus und vorbei sei. Mark verzieh ihr großmütig, er war selig, denn Klara gab ihm unmissverständlich zu verstehen, dass es wieder werden könnte wie früher.

Mark wurde ein gern gesehener Gast in der Villa des Bierbrauerehepaars Zander, seine bescheidene Art und sein sicheres Auftreten kamen gut bei ihnen an. Auch wenn er bettelarm war, er sah blendend aus, hatte Manieren und, last but not least, er war ein vielversprechender Chemiestudent, was für eine Brauerei ganz sicher nicht verkehrt ist. Ohne Zweifel, Mark war ein vorzeigefähiger Schwiegersohn.

Bald wurde die Verlobung anberaumt.

Aber Mark hatte noch ein kleines Problem zu lösen, es hieß Karo. Sie gab nicht auf, bombardierte ihn ständig mit reich an Schimpfwörtern und Drohungen garnierten E- Mails, lauerte ihn geduldig auf dem Unigelände auf und machte ihm dort lautstarke Szenen, was mehr als peinlich war und ihm bei seinen Studienkollegen manchen Spott einbrachte. Mark hoffte, sie würde irgendwann damit aufhören, ohne dass Klara davon erfuhr. Das war seine größte Sorge und bescherte ihm jede Nacht Albträume. Auf dem Campus wurde ja so viel getratscht.

Am Morgen seines Verlobungstages endlich nahm er sich ein Herz, er wollte es Karo persönlich sagen, ihr dabei in die Augen schauen, damit sie begriff, dass es ein für allemal vorbei ist. Er wählte ihre Nummer.

„Hallo, Karo! Wie geht's Dir?", grüßte er freundlich und wartete ihre Antwort nicht ab. „Horch, Karo", meinte er, „wir müssen reden. Können wir uns heute um zwei Uhr in unserem Hotel treffen? Das Zimmer ist schon reserviert!"

Seinen Freund Fred bat er, ihm seinen Golf für den Nachmittag zu leihen, ein letztes Mal, versprach er. Er brauche ihn dringend, um zu seiner Verlobung zu fahren und vorher das eine oder andere noch zu besorgen, Blumen zum Beispiel. Außerdem brauche er einen guten Anzug, der seine wäre schon zu abgetakelt, mit dem könne er sich nicht blicken lassen. Zur Hochzeit dann wären Fred und ein paar andere gute Freunde selbstredend eingeladen, das ist versprochen. Fred zeigte sich wieder einmal als echter, großzügiger Freund, verlangte allerdings, dass das Auto morgen Früh vor seinem Haus abgestellt sein müsse, er brauche es dann selbst dringend. Den Anzug lege er auf die Hintersitze des Wagens.

„Kein Problem", versprach Mark dankbar. Auf Fred, seinen besten Freund, er wohnte in der Nachbarschaft, war eben Verlass.

Kurz vor zwei Uhr fuhr Mark mit Franks Golf zu der verschwiegenen Absteige, ein letztes Mal, so hoffte er. Innerlich wappnete er sich für die bevorstehende, unerquickliche Aussprache.

„Das Mädchen ist schon da", brummte der Portier und warf Mark über seine Zeitung hinweg einen flüchtigen Blick zu. „Zimmer sechs, wie gehabt für zwei Stunden. Sie hat schon bezahlt", fügte er hinzu, als Mark nach seinem Portmonee greifen wollte.

Er ging durch den öden, etwas gammeligen Flur, den er vorher schon oft gegangen war, und klopfte an die Tür des ihm so widerwärtig gewordenen Zimmers. Es war ungemein schmuddelig und armselig, stellte er fest, als er eintrat und Karo in verführerischer Pose, nur mit ihrer Unterwäsche bekleidet auf dem Bett liegend vorfand. Sie musste Marks Anruf total missverstanden haben, denn sie streckte ihm lächelnd die Arme entgegen, so wie einem verloren geglaubten Sohn, der reumütig zurückkam, um sich zu entschuldigen und um Verzeihung zu bitten.

Aber Mark wollte nur eins, er wollte das hier so schnell wie möglich hinter sich bringen, alles hier war so liederlich und abstoßend, einschließlich Karo. Fast tat sie ihm leid in ihrer halbseidenen Unterwäsche, auf dem billigen Laken, sie konnte nichts für ihre Natur, sie war ein dummes, triebgesteuertes Monster. Aber sie war in einer schlimmen Krise dagewesen und hatte ihn darüber hinweggeholfen.

Mark setzte sich zu ihr auf die Bettkante und sah sie mit einem bedauernden Blick an.

„Karo, es tut mir leid, aber zwischen uns ist es aus", gestand er und schaute in ihre sich ungläubig weitenden, wasserblauen Augen, ihr rundes Gesicht nahm einen abweisend bockigen Ausdruck an.

„Glaub' mir, Karo, es ist besser so, es wäre nicht gut mit uns gegangen."

Er stand auf und meinte, vor dem Bett stehenbleibend. „Ich werde mich verloben, Karo, noch heute, mit Klara Zander. Du wirst sie nicht kennen."

Karo setzte sich auf und starrte ihn wie ein Gespenst an, dann schien sie zu begreifen, ihr Gesicht verzog sich zu einer gehässigen Grimasse. „Nein, Mark", meinte sie unerwartet ruhig, aber mit zitternder Stimme, „das wirst du nicht tun, du wirst nämlich *mich* heiraten, denn i*ch* bin schwanger von dir, Mark, verstehst du? Und das wird jeder erfahren, zuerst deine Tussi und ihre Familie!"

Mark schaute sie ungläubig entsetzt an, sie wollte ihn erpressen, wollte ihn vernichten, ihn in ihren Sumpf hinab ziehen. Er sah ihr triumphierendes, gehässiges Gesicht und wusste, sie würde ihre Drohung ohne die geringsten Skrupel wahr zu machen. Ohne Hast nahm er das Kissen und drückte es auf ihr Gesicht. Es brauchte wenig Mühe, die Überraschte zu bändigen und ihr Zappeln abzuwarten, bis sie still lag, still und ruhig.

Mark atmete tief durch und wartete, bis sich sein Puls etwas beruhigte, er musste nachdenken. Sein Gehirn arbeitete glasklar, er wusste, der Portier interessierte sich nicht für die Gäste, die sich in flotter Folge die Türklinken in die Hände gaben, er führte kein Gästebuch, in diesem Haus war Diskretion oberstes Gebot. Er händigte lediglich die

Schlüssel aus und achtete strikt darauf, dass die vereinbarte Zeit eingehalten wurde, notfalls mussten die Gäste nachbezahlen.

Mark ging zum Fenster, es ging auf einen öden Hinterhof hinaus, eine etwa eineinhalbmeterhohe, bröckelnde Mauer umgab ihn und einige Autos parkten darauf, auch Freds Golf, die Einfahrt war nicht zu sehen. Direkt unterm Fenster sah er eine Reihe Mülltonnen stehen.

Er kehrte zum Bett zurück, nahm das Kissen vom Gesicht der Toten, mit der verschmierten Schminke, den geöffneten, bläulichen Lippen und den wie erstaunt offenen, hellblauen Augen sah sie verblüffend jung aus, wie ein Kind, dem man sein Lieblingsspielzeug wegnehmen will. „Wie jung sie ist, das sah man gar nicht unter ihrer dicken Schicht Schminke", dachte Mark und ein bedauerndes Schuldgefühl wollte ihn beschleichen, was er sofort unterdrückte. Sie wollte ihn erpressen, deshalb ist die Situation eskalierten, sie ganz allein trug die Schuld daran. Er zog sie notdürftig an, trug sie zum Fenster, wobei er feststellte, dass ein lebloser Körper viel schwerer sein musste, wie ein lebendiger, und ließ sie auf den Linoleumboden nieder. Er öffnete beide Fensterflügel und schaute prüfend über den Hof, der Wind jaulte und trieb einige Papierschnitzeln vor sich her, eine schwarze Katze schlich zur Mauer und setzte darüber hinweg, von irgendwoher kam Schlagermusik. Mark wuchtete die Leiche auf die Fensterbank und ließ sie vorsichtig auf den schmutzigen Asphalt, hinter die Tonnen gleiten. Dann schaute er sich prüfend im Zimmer um, sah Karos Jacke und Handtasche auf dem Stuhl liegen, warf beides hinaus zur Leiche, schloss das Fenster und verließ das Zimmer.

Beim Hinausgehen legte er wortlos den Schlüssel beim Portier ab, der legte kurz seine Zeitung beiseite, hing den Schlüssel an das Bord und, als er sich wieder setzte und seine Zeitung zur Hand nahm, da war der Gast schon verschwunden. Ob das Mädchen bei ihm war? Davon konnte man ausgehen, es hatte ihn auch nicht zu interessieren.

Mark eilte in den Hof, zum Golf und schloss den Kofferraum auf, seine überreizten Sinne registrierten jedes Geräusch, jede Bewegung, das Geschirrgeklapper in einem der Fenster des Nebengebäudes, Radiomusik, Stimmenfetzen, Autobrummen und das Wehen des Windes, der durch sein Haar fuhr. Mark ging zu den Tonnen und zog die Leiche, sie unter den Achseln greifend und sich nochmal umschauend, hervor, dabei scheuchte er eine Ratte auf, die eilig wegrannte. Er trug die Leiche zum Auto, legte sie in den Kofferraum und klappte erleichtert den Kofferdeckel zu.

„Wie leicht es doch war", dachte er auf dem Weg zum Blumengeschäft, in dem er den Rosenstrauß bestellt hatte. Karo würde keiner vermissen, und wenn man es tat, irgendwann, dann wird ihre Lei-

che längst verrottet sein, dafür musste er sorgen. Aber zuvor musste er sich auf den heutigen Abend konzentrieren, auf die Verlobungsfeier, die der Höhepunkt seines bisherigen Lebens sein würde.
Als er den Rosenstrauß besorgt hatte, fuhr er nach Hause, um sich zurechtzumachen. Seine Oma wartete bereits ungeduldig und aufgeregt, in ihrem besten Kostüm auf ihn.

Mark wurde vom Lärm einer Motorsäge geweckt. Er sah einige Feuerwehrmänner und Forstarbeiter, die sich am dichten Astwerk der Tanne, welches das Auto umgab und das Wageninnere in ein düsteres Halbdunkel versetzte, zu schaffen machten. Einer der Männer schaute zum Fenster herein und fragte besorgt, ob jemand verletzt sei, Mark schüttelte den Kopf, er war nicht verletzt. Im Außenspiegel sah er die entsetzten Gesichter zweier Feuerwehrmänner, die in den offenen Kofferraum starrten, der Aufprall des Stammes hatte die Heckklappe aufspringen lassen.

Später vor dem Staatsanwalt gab Mark seine Schuld unumwunden zu, Leugnen hätte keinen Sinn gehabt, es fehlte ihm auch die Kraft dazu. Obwohl sein Pflichtverteidiger darlegte, dass eine Erpressung vorgelegen habe, was nicht zu beweisen war, und die Tat weder beabsichtigt noch geplant war, was wiederum nicht bewiesen werden konnte und möglichweise auch nicht viel gebracht hätte, so lautete das Gerichtsurteil doch: „Mord aus niedrigen Beweggründen. *Lebenslänglich!*"

Mark nahm das Urteil gefasst entgegen. Seine Oma, die ihn während der Untersuchungshaft oft besucht hatte und in jeder seiner Verhandlungen anwesend war, hatte ihn darauf vorbereitet. Sie würde ihn in der schweren Zeit, die nun vor ihm lag, nicht alleine lassen.

Sibirisches Gold

Adam Meisner beherrschte die Elfenbeinschnitzerei in Perfektion. Als Bursche hatte er in der Erbacher Museumswerkstatt bei Meister Keller eine Lehre absolviert und war danach der Elfenbeinschnitzerei treu geblieben. Seit nunmehr zwanzig Jahren arbeitete er schon mit Meister Keller in der Museumwerkstatt, wo sie Kunstwerke, hauptsächlich aus europäischen und russischen Schlössern und Adelshäusern herstammend, restaurierten. Er gab mit Freuden sein Können an die junge, begabte Generation weiter, indem er ihnen den Umgang mit dem Elfenbein und dessen kunstvolle Verarbeitung beibrachte.

Jetzt, Ende Juni, sollte er Kellers Sohn Lorenz, der kürzlich mit einem Diplom für Bildende-Kunst und Kunstgeschichte in der Tasche aus Paris heimgekehrt war, als Berater, wohl auch als Beschützer in das gut siebentausend Kilometer entfernte sibirische Jakutsk begleiten, eine der weltweit größten Elfenbein-Umschlageorte am Fluss Lena. Der Sommer dort war kurz und für diese Reise der einzig mögliche Zeitpunkt.

Lorenz, über die Gegebenheiten derselben hinreichend aufgeklärt und seiner Verantwortung bewusst, war begierig darauf, dem Vater, dem die Reise allmählich zu beschwerlich geworden war, zu beweisen, dass er ihn würdig vertreten könne. Vom Erfolg der Reise hing dieses Mal mehr ab, als es sonst der Fall war, nämlich die Aufnahme des Elfenbeinmuseums in das UNESCO-Weltkulturerbe, die Stadt Erbach hatte sich darum beworben. Es wäre zweifellos gerechtfertigt und würde dem Museum, der Stadt und der ganzen Region ungemein zu Gute kommen, denn im Odenwald gibt es zwar eine herrliche Natur, aber kaum Industrie. Die Menschen leben hauptsächlich von der Forstwirtschaft, der Viehzucht, vom Ackerbau und natürlich vom Tourismus.

Der Flug nach Moskau verlief ruhig, der Weiterflug in einem kleinen Passagierflugzeug war holprig, so dass den Reisenden, meist Geschäftsleute, das Arbeiten an ihren Laptops unmöglich war. In Perm, dem letzten größeren Flughafen vor der Unendlichkeit Sibiriens, wurde das Flugzeug aufgetankt, dann ging es weiter, endlose Stunden. Adam Meisner hatte genug Gelegenheit, Lorenz auf die wichtigsten Dinge, auf die es beim Elfenbeinkauf ankam, vorzubereiten. Auf die Qualität natürlich, aber darüber wusste Lorenz bestens Bescheid, und dem Kilopreis des Elfenbeins, er liege derzeit bei ungefähr siebenhundert Euro, aber das war verhandelbar und änderte sich ständig. Niemals dürfe man Wertpapiere oder Bares offen zeigen, an solchen Orten treibt sich eine Menge Gesindel herum. Außerdem ist es unabdingbar, sich bei jedem Kauf den Händlerausweis vorlegen zu lassen und genau zu prüfen, denn schwarzgehandelte Ware unterscheidet sich durch nichts von einer versteuerten. Im schlimmsten Fall landet man ohne viel Federlesens in einer dreckigen Zelle und ist beides los, die Ware und das Geld.

Endlich kündigte die freundliche Stewardess die Stadt Jakutsk an. Es hieß, sie sei die kälteste Stadt der Welt und hat circa dreihunderttausend Einwohner, derzeit mit den permanent durchreisenden Händlern und Glücksrittern ungefähr das Doppelte.

Adam Meisner war schon öfter hier gewesen, er dirigierte den Taxifahrer durch das hektische Straßengewirr der Stadt, zu dem kleinen Hotel, in dem sie auch dieses Mal Zimmer hatten reservieren lassen. „Wie du siehst", erklärte er während der Fahrt dem sich interessiert und beeindruckt umsehenden Lorenz, „stehen die Häuser hier auf Betonstelzen. Das ist wegen des Permafrosts unbedingt nötig."

Im Obergeschoss eines bescheidenen Hotels bekamen sie ein Zimmer, das einzige und schönste, das derzeit noch frei sei, hieß es an der winzigen Rezeption von einem beflissenen, jungen Asiaten.

Das Zimmer war relativ groß und wirkte mit den weiß getünchten, schmucklosen Wänden kahl, die zwei Betten, der Stuhl, der Tisch und der zweitürige, schlichte Schrank, grob, aber solide gezimmert, nahmen sich darin verloren aus. Auf einem Tischchen, vor dem auf dem Bretterboden ein zerschlissener Flickenteppich lag, stand eine runde Waschschüssel mit abgeplatztem Rand, so dass unter dem Keramik der hässliche Metallkern zutage kam, ein blaubemalter Porzellankrug, halbvoll mit Wasser gefüllt, und eine Seifenschale mit einem groben Seifenstück befanden daneben, an Haken hingen raue Handtücher. Die Toilette befände sich im Flur, hatte es beim Einchecken geheißen. Lorenz schaute aus einem der zwei kleinen Fenster auf das trostlose Viereck eines Hinterhofs, in dem Fahrräder abgestellt waren, in einer Ecke standen verbeulte, überquellende Mülltonnen. Er ließ seinen Blick über das bunte Gewirr der Dächer mit den verschiedensten Schornsteinen gleiten, es dehnte sich bis zum Horizont hin. „Hier muss wohl Meister Zufall der Stadtplaner gewesen sein", dachte sich Lorenz. Etwas entfernt sah er einen viereckigen Turm, vielleicht der einer Kirche oder eines öffentlichen Gebäudes, deutlich herausragen.

Später gingen sie hinunter in die Gaststube, in der trotz der späten Stunde noch einiges los war. Ein flinker Asiat servierte eine große Portion Rentiergulasch mit körnigem, schmackhaftem Reis. Die beiden hatten Hunger und ließen es sich schmecken.

Am nächsten Morgen, sie hatten ein wenig länger geschlafen als geplant, gab es zum Frühstück einen Pott starken Kaffee mit Rentiermilch und zum Eintunken eine dicke Scheibe dunkles, würziges Brot, genau das richtige, fand Adam Meisner. Es ließ sich nicht vermeiden, dass sie ein lebhaftes Gespräch, das zwei Männer am Nachbartisch miteinander führten, mitbekamen. Die Männer waren wie hier üblich mit groben Lederjacken, Jeans und festem Schuhwerk bekleidet, ihre etwas speckigen Krempelhüte aus Ziegenleder hatten sie neben sich auf dem Tisch abgelegt. Ihre Unterhaltung drehte sich, wie kann es anders sein, um Elfenbein im Allgemeinen, ins besonders über dessen maßlose Ausbeutung.

„Es ist eine Schande!", schimpfte der eine. „Kaum taut der Frostboden ein wenig auf, durch die Klimaerwärmung jedes Jahr eher, stürzen sich die Chinesen wie die Aasgeier auf die Mammut Zähne und verplempern das wertvolle Material für Potenzmittel, Trophäen, Zierrat und dergleichen. Es wird jedes Jahr schlimmer!"

„Ein Verbrechen an der Wissenschaft ist das!", bestätigte es der andere entrüstet. „Wir Geologen und Archäologen sollten uns zusammentun und endlich

dagegen protestieren, damit die Regierung auf-
wacht und diesem Raubbau ein Ende setzt!"
Lorenz und Adam Meisner schauten sich vielsagend und schweigend an, schließlich waren auch
sie wegen des Elfenbeins gekommen.

Die Hauptstraßen von Jakutsk sind eng und
schmutzig, schon ab dem frühen Morgen sind sie
vollgestopft mit hupenden Lastern, PKWs., Kleinlastern, Motorrädern, die allesamt aussehen, als
kämen sie direkt vom Schrottplatz, dazwischen
Pferdegespanne und Radfahrer, die sich kreuz und
quer fahrend im Chaos behaupten. Lorenz glaubte,
als er mit Adam Meisner auf den Bürgersteig trat,
eine gespannte Goldgräberstimmung über allem zu
spüren.
Vor ihnen hielt ein rostiges, vielfach geflicktes Vehikel mit einem Taxischild auf dem Dach, ein
schlitzäugiger Mongole stieg aus, zeigte grinsend
auf das Taxi- Schild und fragte auf Deutsch, wovon
er wohl einige Brocken beherrschen mochte: „Wo-
hin?" Zwar sah das sogenannte Taxi aus, als wolle
es gleich den Geist aufgeben, aber ein besseres war
nicht in Sicht, also ergaben sich die beiden in ihr
Schicksal, nannten das Mammut- Lager, welches
etwas außerhalb der Stadt liegt, und stiegen ein.
Der Taxifahrer lenkte das Vehikel sicher und routi-
niert und herzhaft fluchend, sein Repertoire darin
schien unermesslich zu sein, durch den Verkehr.

An einem Verkehrsknotenpunkt, auf dem sich ein Schutzmann redlich bemühte das hupende Chaos zu koordinieren, wurden sie aufgehalten, was ihren mongolischen Fahrer wiederum zum herzhaften Fluchen animierte. Endlich konnte die Fahrt, den Anweisungen des Schutzmannes folgend fortgesetzt werden. Sie ließen die Stadt hinter sich und erreichten, ordentlich durchgerüttelt, aber soweit unversehrt den riesigen, flachen Betonbau, in dem Elfenbein gehandelt wurde.

Beim Betreten der Ausstellungshalle schlug ihnen ein lautes Stimmengewirr entgegen, und ein Geruch, der die Ausdünstungen der Menschen überlagerte und Lorenz sehr vertraut war, wenn auch nicht so intensiv und markant. Es war der unverwechselbare Geruch von Elfenbein, von unglaublich viel Elfenbein.

Kaum ein Mensch spürt beim Anblick des Goldes nicht die Magie des Einmaligen und Kostbaren, die es umgibt, geradeso verhält es sich beim Elfenbein, man kann sich seinem Bann unmöglich entziehen.

Lorenz und Meisner bewegten sich suchend und prüfend durch die feilschenden Händler und Kaufwilligen, meist Chinesen, Indonesier und Inder. Sie ließen da und dort die Tücher, mit denen die Stoßzähne bedeckt waren, hochheben, um die Ware näher zu inspizieren. Dabei kamen sie unversehens in einen der Seitengänge, die Meisner im Allgemeinen links liegen ließ, denn dort trieben sich gern un-

67

durchsichtige Typen herum, aber es konnte sich darin auch so mancher Glückskauf ergeben. Schon bald erspähte Meisners geschulter Blick auf einem Anhänger die nur flüchtig mit einem Tuch bedeckten Stoßzähne, sie hatten die Größe von noch jung verstorbenen Tieren, die sich ideal für das filigrane Schnitzen eigneten. Bei näherer Betrachtung wurde Meisners erster Eindruck bei Weiten übertroffen, die Zähne waren von makelloser Schnitzqualität, hatten fast doppelte Manneslänge, waren seidig glatt und von mattem, edlem Weiß. Der junge Chinese, der sie unnötigerweise mit breitem Grinsen und heller Stimme in den höchsten Tönen anpries, wirkte zwar wenig vertrauenserweckend, aber gut, da konnte man ausnahmsweise drüber wegsehen.

„Nie wurden schönere gefunden, werte Herren", beteuerte er. „Nicht in dieser Saison und nie zuvor."

„Was verlangst du dafür?", fragte Meisner kühl, sein Russisch reichte gerade aus, um sich einigermaßen zu verständigen und verhandeln zu können. Wie bei einem Geschäft üblich wurde eine Weile hin und her gefeilscht, bis Meisner seinen Juniorchef etwas beiseite nahm, um sich mit ihm zu besprechen. Lorenz, der der russischen Sprache nicht mächtig war und auch sonst nichts über die hiesigen Verhandlungspraktiken und Mentalitäten wusste, hatte nur mitbekommen, dass die Zähne von seltener Qualität waren und Meisner sie haben wollte.

„Ich hab' ihn von umgerechnet tausend Euro das Kilo, auf achthundert heruntergehandelt", meinte Meisner hastig mit gedämpfter Stimme. „Die fünf Zähne kosten demnach hunderttausend Euro, aber sie sind locker das Doppelte wert, es wäre ein absoluter Glückskauf. Lass es dir aber nicht anmerken, der Kerl würde es gnadenlos ausnützen."

Lorenz schaute dementsprechend desinteressiert drein und nickte zustimmend. Dann ging alles sehr schnell, die entsprechenden Papiere wurden vorgezeigt, die Zähne in ihren Tüchern mit einer Schwebewaage gewogen, die Verträge studiert und unterschrieben. Meisner bezahlte den ausgehandelten Preis, in Euro und bar versteht sich, und die Stoßzähne wechselten ihren Besitzer. Allseits Zufriedenheit und beste Laune.

Der junge Chinese und seine Kollegen, gleichfalls ziemlich verwegene Typen, übernahmen den Transport zum Bahnhof, wo Meisner und Lorenz die Beladung der Zähne in einen der Güterwaggons eines Personenzuges überwachten. Morgen Früh würden sie mit ihm die Rückreise antreten.

Wie es der hiesigen Gepflogenheit entsprach und keineswegs abgelehnt werden durfte, wurde der erfolgreiche Geschäftsabschluss in einer Kneipe, die sich in der Stadt alle glichen, auf russische Art besiegelt und gefeiert. Alle am Geschäft beteiligten und auch die zufällig Anwesenden, abenteuerlich aussehende Kosaken und Mongolen, die sich wie auf ein geheimes Zeichen hin rasch vermehrten, feierten mit. Meisner kannte das, doch Lorenz, als er sich so unvermittelt unter einer fröhlich feiernden Männergesellschaft fand, fand es zuerst befremdend. Doch dann, als der Wodka floss, rohes Fischfilet gereicht wurde und süßlich qualmende Pfeifen die Runde machten, als ein Kosake auf einem Blasinstrument aus Bambus schwermütige, russische Weisen anstimmte und die Männer von ihren abenteuerlichen Exkursionen erzählten, die sie in den kurzen Sommermonaten in der Steppe oder im Tscherski- Gebirge unternommen hatten, von ihren Misserfolgen und seltenen Coups berichteten, die ihnen in der tauenden Taiga gelungen waren, dazwischen mit tiefen Bassstimmen zur Musik des Musikanten wehmütige, sehnsüchtige Weisen sangen, da war Lorenz seltsam fasziniert und lauschte den fremden Klängen. Er aß vom Fisch, genehmigte sich ab und zu einen Schluck Wodka und einen tiefen Zug aus der Wasserpfeife, die man ihm reichte und übersah dabei Meisners warnende Blicke. Er fühlte sich gut, geradezu glücklich und gelöst, als er plötzlich ein fernes Grollen vernahm, das sich schnell näherte und zu einem ohrenbetäubenden Trommeln anwuchs. Der Boden bebte, Stühle und Tische kippten um, wurden weggerissen, die Wände wankten und stürzten krachend ein. Ein Erdbeben, dachte Lorenz. Da sah er sie aus der Taiga heranstürmen, eine Wand aus wollhaarigen,

70

eisgrauen Riesen, die baumstarken Zähne zum An-
griff erhoben. Keiner entkam, ihre wütend trom-
melnden Füße zerstampften wie Ambosse alles, die
Kneipe und die Stadt mit Mann und Maus. Lorenz
sah und hörte sie über sich hinweg donnern, fühlte
sich in die eisige Erde gestampft und für alle Zeit in
ihr versinken. Er glaubte durch das Dröhnen die
fernen, mahnenden Stimmen der Geologen zu hören: „Warum störst du die im tiefem Eis schlum-
mernden, zehntausend Jahre alten Giganten? Warum beutest du sie aus?"
„Um ihr Andenken zu ehren und ihre Schönheit zu
bewahren", stöhnte Lorenz, dann wurde es dunkel,
still und friedlich.

Eine ganze Weile hörte er nur ein rhythmisches
Klopfen, dann stellte er fest, dass es von Zugrädern
herstammte. Er setzte sich benommen auf und
schaute aus dem Fenster, eine grüne Steppenland-
schaft wanderte vorbei, dann dunkle Nadelwälder.
Er saß auf einer geschwungenen Bank in einem al-
tertümlichen Zugabteil, dass beträchtlich wackelte
und knarrte, so dass er sich mit den Händen auf der
Bank abstützte musste, um nicht herunterzufallen.
Im gegenüber saßen bäuerlich gekleidete Männer
und Frauen, sie lächelten ihn mitleidig und belustigt
an. „Sie befinden sich in der Transsibirischen, junger Mann", erklärte ein älterer Mann mit dunklem,
langem Bart und starkem russischen Dialekt, Lo-

renz schaute in sanfte, von tausend Fältchen umrahmten Augen. „Sie haben die Reise verschlafen, nicht wahr? In drei Stunden werden wir Moskau erreicht haben."

Adam Meisner war nicht zu sehen. War er überhaupt im Zug? Und die Stoßzähne? Waren sie im Zug? Was sollte er dem Vater sagen, wenn er ohne sie heimkäme. Nicht auszudenken. Vater würde ihm nie mehr vertrauen, ihm nie mehr vertrauen können. Wenn nur Adam Meisner endlich auftauchen würde.

Nachdem Adam Meisner sah, wie unbesorgt sich sein Juniorchef dem Wodka, vor allem der Opiumpfeife hingab, wurde er unruhig, sollte dies hier ein Komplott sein? Sollten womöglich, während sie hier feierten die Stoßzähne verschwinden. Man konnte hier niemanden vertrauen, das predigte er seinem Juniorchef ständig. Bisher allerdings ohne Erfolg, wie man sah.

Meisner erhob sich schwerfällig und wollte sich zur Hintertür hinausstehlen.

„Bleib, Väterchen", meinte ein bärtiger Kosak gutmütig. „Feiere mit uns! Trink und sing mit uns!"

„Bin gleich zurück, guter Freund", meinte Meisner, „muss mich nur mal erleichtern!"

Er schlich zur Hintertür hinaus und lief auf die Straße, wo er zum Glück ein Taxi entdeckte und herbeiwinken konnte. Der Bahnhof war nicht weit entfernt, schon zehn Minuten später stand er auf dem Bahnsteig vor dem Zug und ließ sich die Waggontür aufschieben. Im Schein seiner Taschenlampe zeichneten sich die fünf Stoßzähne deutlich unter den schmutzig grauen Tüchern ab. Meisner atmete erleichtert auf und befühlte ihre glatten Oberflächen, er hatte Gespenster gesehen, alles war gut. Er beobachtete noch, wie der Bahnbeamte den Waggon schloss und verriegelte, dann fuhr er mit dem Taxi zurück zur Kneipe.

Dort war Lorenz inzwischen gänzlich weggetreten. Meisner entschuldigte sich reihum, schulterte Lorenz und machte sich mit ihm zu Fuß auf den Weg zum Hotel, es lag gleich um die Ecke. Morgen würden sie mit der Transsibirischen ihre wertvolle Fracht nach Moskau und von dort aus mit einem Schnellzug nach Hause bringen.

Am nächsten Morgen war Lorenz noch nicht ansprechbar, Meisner half ihm bei der Toilette und beim Anziehen. Dann lud er ihn und die Koffer in ein Taxi, das sie zum Bahnhof brachte. Meisner setzte seinen Juniorchef mitsamt dem Gepäck in ein Abteil, steckte Lorenz Fahrschein zu seinen Papieren in eine der Innentaschen seiner Jacke, was sich als glücklicher Zufall erweisen sollte. Denn als er vor der Abfahrt sich von einem Bahnbeamten den Güterwaggon öffnen ließ, um noch einmal einen Blick auf die Stoßzähne zu werfen, er hineinstieg und eins der Tücher zurückschlug, da blieb ihm vor Schreck fast das Herz stehen. Ungläubig schlug er auch die Tücher der anderen Zähne zurück und sah, dass er und sein Juniorchef beraubt wurden. Vor ihm lagen entrindete, sibirische Lärchenstämme, Mammut Zahn-Attrappen sozusagen.

Der Zug war abfahrtbereit, der Zugbegleiter stand mit seiner Kelle davor und wollte abpfeifen, als Meisner zu ihm gerannt kam, ihm einige Scheine in die Hand drückte und ihn bat, dafür zu sorgen, dass der junge Deutsche im Abteil 15, Lorenz Keller mit Namen, seine Papiere und die Fahrkarte trage er bei sich, in Moskau in den richtigen Anschlusszug nach Frankfurt umstieg und ihm auszurichten, dass er, Meisner, bald nachkäme. Der Zugführer steckte die Scheine ein und versprach es, dann stieg er eilig in den Zug und Meisner schaute diesem nach, bis er in einer Kurve langsam verschwand. Übermorgen am späten Nachmittag würde Lorenz in Frankfurt abkommen, dann würde er hoffentlich wieder voll bei sich sein.

Adam Meisner aber wollte und konnte nicht mit leeren Händen heimkehren, außerdem wurmte es ihn mächtig, dass er sich hatte so hereinlegen lassen. Er fuhr mit einem Taxi zur nächsten Polizeistation und meldete seine Stoßzähne, an den Nummern erkennbar, für gestohlen, wohlwissend, dass es aller Wahrscheinlichkeit keinen Sinn machen würde. Jedermann wusste, dass die Beamten hier hoffnungslos überfordert, schlecht bezahlt, nicht unbedingt die schnellsten und zudem bestechlich waren. Moral muss man sich leisten können, vor allem hier.

Danach ließ er sich hinaus zum Mammut- Lager fahren, in der schwachen Hoffnung, sein sogenannter *Geschäftspartner*, der glauben musste, sie wären heute Morgen mitsamt den Mammut-Attrappen abgereist, wäre leichtsinnig genug, sich dort sehen zu lassen.

In der Halle hastete er suchend durch die Menschen und Karren und gelangte in den Seitengang, in dem er gestern, wie er glaubte, den Glückskauf getätigt hatte. Tatsächlich hörte und sah er seinen Chinesen just an der gleichen Stelle wie gestern, nur dass es dieses Mal ein sichtlich wohlhabender Inder war, mit dem er munter verhandelte. Meisner nahm hinter einer Säule Deckung und lauschte, er hörte, wie von mehr als dem Doppelten von dem die Rede war, was er gestern für die Zähne auf dem Anhänger, unverkennbar die seinen, bezahlt hatte. Er schaute zu, wie seine Mammut-Zähne gewogen und von den selben derben Burschen wie gestern geschultert und wegtragen wurden, vielmehr sie wollten es, aber unvermittelt stand ihnen ein zorniger Mann im Weg, der weithin hörbar schrie, „Zu Hilfe! Dicbc, Dicbc!" Meisner wusste, warum er das so laut wie er nur konnte schrie, denn Diebstahl von

Elfenbein und Betrügereien waren in diesen Hallen ein todeswürdiges Vergehen. Die umstehenden Händler und Käufer reagierten sofort, es entstand eine drohende Unruhe, ein Tumult, der betrügerische Chinese, der verblüffte, kaufwillige Inder und die Träger der Stoßzähne waren im Nu von grimmigen Menschen umringt. Ein Messer blitzte auf, Meisner duckte sich, hinter ihm schrie der vornehme Inder auf und ging zu Boden, in seiner Brust steckte ein Messer, um das sich sein Gewand schnell rot färbte. Zwei Polizisten bahnten sich schrill pfeifend einen Weg durch die Menge, zu dem Betrüger und seinen Komplizen, die die Stoßzähne schleunigst abgelegt hatten und mit dem Chinesen türmten. Sie übersprangen Tische und Karren, stießen Menschen und Gegenstände brutal beiseite, die Polizeibeamten dicht hinterher, bis hin zum Ausgang, wo sie sie einholten. Meisner, der bei seinen Zähnen geblieben war, hörte Schüsse, erschrockenes Kreischen und Schreie. Zwei Sanitäter kamen mit einer Tragbare, auf das sie den vornehmen Inder, er hatte ein jugendlich hübsches Gesicht mit einem gepflegten Vollbart, vielleicht ein Prinz, legten und durch eine bereitwillig gebildete Schneise davontrugen. Meisner erzählte den Leuten, die noch bei ihm waren, was sich ereignet hatte, dann gingen sie wieder an ihre Geschäfte, der Fall hatte sich erledigt. Später konnte Meisner an Hand seiner Papiere und des Kaufvertrags, in dem die Nummern der Stoßzähne eingetragen waren, belegen, dass die Zähne sein Eigentum waren.

Als Lorenz in Frankfurt aus dem Zug stieg, wurde er von seinem Vater und von Adam Meisner begrüßt.
„Alles okay. Junior", meinte Meisner lächelnd, als er Lorenz verblüfftes Gesicht sah. „Ich hoffe, man hat dir ausgerichtet, dass ich nachkommen werde? Weißt du, es erschien mir wegen der Zähne dann doch sicherer, das Flugzeug zu nehmen!"
Lorenz war erleichtert. Warum Meisner sich ohne Absprache plötzlich für das Flugzeug entschieden hatte, obgleich der Transport damit ungleich teurer war als mit der Bahn, war ihm im Moment egal. Wichtiger war, dass die Zähne dort waren, wo sie hingehörten.

Übrigens, das Erbacher Elfenbeinmuseum wurde trotz seiner unvergleichlich großartigen Kunstwerke nicht in das UNESCO- Weltkulturerbe aufgenommen, denn, so hatte das Prüfungskomitee entschieden, es gäbe zu viele Exponate aus Elefanten-Elfenbein, und Elefanten stehen unter strengem Artenschutz, wie man weiß. Dass im Erbacher Elfenbein Museum schon seit Jahrzehnten kein Elefanten Elfenbein mehr für die Schnitzerei verwendet wird, spielte dabei keine Rolle. Echt schade und nicht einleuchtend, denn in einem Museum sollten doch in der Hauptsache kunsthistorische und geschichtsträchtige Exponate gezeigt werden und die sind naturgemäß sehr alt. Viel älter jedenfalls als der Handel mit Mammut Elfenbein, der erst seit einigen Jahrzehnten besteht.

Nichtsdestotrotz, das Erbacher Elfenbein Museum ist mit seinen einmaligen Kunstgegenständen allemal eine Reise wert.

Der Schrein

Als der Direktor des Erbacher Schlossmuseums, Dr. Gruber, am Samstagmorgen vor dem 1. Advent die Museumshalle betrat und die Kiste, die gestern Abend angeliefert wurde, aufgebrochen und leer vorfand, war er einem Herzinfarkt nah. Der Schrein darin, eine Leihgabe des Nationalmuseums von Tel Aviv, war verschwunden.

Die unmittelbar bevorstehende, sechswöchentliche Römerausstellung lag Dr. Gruber besonders am Herzen. Er hatte Büsten von berühmten römischen Kaisern, wie Caligula, Titus, Hadrian, und Fundstücke aus dem Odenwälder-Limesbereich, wie Kupfertiegeln, Landmannshelme, Speerspitzen etc., welche die Region berühmt gemacht haben, zusammentragen und sogar eine römische Siedlung mit Kastellen, Wachtürmen und Wohnungen originalgetreu nachbauen lassen. Der Schrein sollte der Höhepunkt, die Sensation der Ausstellung sein, er enthielt die lebensgroße Statue eines römischen Legionärs. Das Gewand, der Umhang und die Sandalen, die sie trug, soll jener Legionär getragen haben, der auf Golgatha dem Gekreuzigten seinen Speer, nämlich den, den die Statue in der Faust hielt, in die Seite gestoßen hatte, um ihn von seinen Qualen zu erlösen.

Wegen dieses Schreins war Dr. Gruber, ein Kenner der Römerzeit, vor einem halben Jahr mit einer Delegation Wissenschaftlern nach Tel Aviv gereist und hatte den bruchsicheren, hermetisch verschlossenen Glasschrein, in dem sich die Reliquie befand, in Augenschein genommen. Die Experten aus Hessen waren beeindruckt von dem brüchigen, schlichten Gewand, dem verblichenen, roten Umhang und der Speerspitze, die deutlich dunkle Spuren aufwies, Blutspuren, wie man ihnen versicherte. Sie studierten die vorgelegten Gutachten, die zu verschiedenen Zeiten mit immer moderneren Methoden durchgeführt worden waren und allesamt die Echtheit des Exponats bestätigten. Sie selbst konnten die Statue natürlich nur durch das Sicherheitsglas des Schreins besichtigen, wobei sie sich viel Zeit nahmen und extrem starke Vergrößerungsgläser benutzen. Sie kamen übereinstimmend zu dem Ergebnis, dass das Gewand und die Lanze aus der Zeit um Christi stammen mussten und von unschätzbarem Wert seien.

Aber jetzt, kurz vor der Eröffnung der Ausstellung, wimmelte es im und vor dem Eingang des Schlossmuseums von Polizisten und Versicherungsbeauftragten, der Bereich um das Museum war großräumig abgesperrt, um Neugierige zu hindern, wichtige Spuren zu vernichten. Leider stellten die Versicherungsbeauftragten bei der Prüfung der

Überwachungskamera fest, dass bei den Aufzeichnungen ganze fünfzehn Minuten fehlten, die Zeit zwischen ein Uhr morgens und viertel nach Eins, in der auch die Alarmanlage ausgefallen sein musste, Zeit genug, wie sie meinten, um die Kiste aufzubrechen und den Schrein verschwinden zu lassen. Die Eingangshalle sei also nicht durchgehend überwacht und gesichert gewesen, demnach läge kein Versicherungsfall vor und der Versicherungsbetrag, ein gigantisch hoher Betrag, wie man sich denken kann, könne nicht ausbezahlt werden.
Für Museumsdirektor Dr. Gruber ein weiterer Tiefschlag. Er beantwortet äußerlich gefasst die Fragen der Polizisten und der Versicherungsleute, dann ging er nach Hause und war für diesen Tag für niemanden mehr zu sprechen.

Matthes war mit den Jahren etwas behäbig geworden. Als er sich auf die fünfzig zubewegte und zu langsam wurde, er war gelernter Dachdecker, begann sein sozialer Abstieg. Als er seine Arbeit verlor und auch keine mehr fand, verschwand auch seine Frau. Daraufhin schluckte er mehr Alkohol, als ihm gut tat, und weil er dann die Miete schuldig blieb, landete er auf der Straße. Aber Matthes hatte Glück, er hatte einen Freund, Jan, ein früherer Dachdeckerkollege, der ihm während der Wintermonate sein Gartenhäuschen in seinem Schrebergarten zum Aufwärmen und Übernachten zur Verfügung stellte. „Lieber du, als die Saubären von Mardern", hatte er gutmütig gemeint, „die mir jeden Winter die Hütte ruinieren, so dass ich sie jedes Frühjahr grundreinigen muss."

Matthes hielt sich mit Einsammeln von Pfandflaschen über Wasser und griff sich auch mal eine Brieftasche, was jetzt in der Adventszeit keine besondere Kunst war, er brauchte sich im Gedränge nur der Portmonees zu bedienen, die in den Gesäßtaschen und Handtaschen großzügig feilgeboten wurden.

Am Freitag vor dem 1. Advent saß er nach seiner üblichen Tour vor dem Schlossmuseum auf einer Bank und aß die Currywurst, die ihm Dagmar spendiert hatte. Dagmar war eine alte Bekannte und Besitzerin eines umgebauten Kleinbusses, in dem sie heiße Würstchen mit Ketschup und Senf, Pommes, Brötchen, heißen Glühwein und Kinderpunsch anbot. Matthes half ihr von jeher beim Schmücken ihres Würstchenbusses, von einer effektvollen Illuminierung und überhaupt von der Technik hatte Dagmar nun mal keine Ahnung. Er war auch sonst wenn nötig für Dagmar da, denn sie war eine freundliche Seele und sie war Single. Dafür durfte er sich nicht nur während des Weihnachtsmarktes ab und an eine heiße Wurst und ein Brötchen holen.

Während Matthes nun auf einer Bank saß und seine Currywurst aß, schaute er zu, wie drüben vor dem

Haupteingang des Schlossmuseums eine große Kiste von einem Sicherheitstransporter gehievt und die Stufen zum Museum hinaufgetragen wurde. Er dachte sich nichts dabei, denn schon seit Wochen wurden wegen der Römerausstellung tagtäglich Kisten in das Museum geschleppt. In der ganzen Stadt waren seit Langem große Plakate aufgestellt, auf denen ein lebensgroßer, römischer Legionär, einen Speer in der Rechten haltend, die Römerausstellung im Schlossmuseum ankündigte.

Als er am Abend durchgefroren und müde im Gartenhäuschen ankam, die Ausbeute war heute bei dem ungemütlichen Wetter eher bescheiden gewesen, war er nicht sonderlich begeistert seinen Freund Jan vorzufinden. Im kleinen Raum war es behaglich warm, im Kanonenöfchen knisterten Holzscheite, Jan hatte es sich bei einer Flasche Bier gemütlich gemacht. Während Matthes seine Jacke an den Türhacken hing und sich setzte, klickte Jan den Deckel einer Bierflasche ab und reichte sie seinem Freund. Er schaute ihn vielsagend grinsend an und meinte, einen Bund Schlüssel auf den Tisch werfend, so dass es nur so schepperte: „Heute Nacht, Matthes, werden wir stinkreich werden!" Als Matthes ihn nur verständnislos anschaute, ließ er die Katze aus den Sack. „Nun, Matthes", erklärte er, „was da vor dir liegt, sind die Museumsschlüssel. Mit ihnen brauchen wir nur hineinzuspazieren und das Ausstellungsstück aus der Eingangshalle herauszutragen. Das Ding ist millionenschwer, musst du wissen, und wenn er Morgen an seinem hochgesicherten Platz stehen wird, dann ist die Suppe gegessen."

Matthes verstand kein Wort. Jan machte Witze, anders konnte es gar nicht sein. Aber Jan war es ernst, so wie ihm selten im Leben etwas ernst gewesen war. Er hatte zwar seine Sturm- und Drangjahre bereits hinter sich, aber das hinderte ihn nicht daran, gelegentlich eine Dummheit zu machen.

Nun grinste er seinen Freund bedeutungsvoll an, versengte den Schlüsselbund wieder in seiner Jackentasche und meinte ein wenig überheblich: „Morgen wird er wieder an seinem Platz hängen, Matthes, so als wäre nichts gewesen. Der Schrein aber ist weg, den haben wir, Matthes. Klar, Walter, der Nachtwächter des Museums, erwartet einen angemessenen Anteil, schließlich gab er mir den Tipp und sorgt dafür, dass kurzfristig die Alarmanlage ausfällt. Mensch, Matthes, kapier doch endlich, das ist unsere große Chance, die kriegst du nur einmal im Leben!"

Matthes befürchtete, der Freund habe den Verstand verloren. „Was willst du mit dem Ausstellungsstück, Jan?", wollte er wissen, „sie ist ein Koloss, ich habe heute gesehen, wie sie die Kiste ins Museum gebracht haben. Wo willst du denn damit hin?"

„Vorerst bringen wir den Schrein hierher, Matthes, in die Hütte, da ist er sicher. Jedenfalls wird heute

Nacht Punkt ein Uhr kurz die Alarmanlage im Museum ausfallen, dann können wir hineingehen, die Kiste aufbrechen, das Ausstellungstück heraustragen und hierher bringen. Walter wird gerade abwesend oder eingenickt sein, das ist seiner Phantasie überlassen. Überleg doch, Matthes, dann sind wir gemachte Leute, keiner wird mehr auf uns spucken!"

Bevor er ging ermahnte er Matthes, pünktlich um viertel vor ein Uhr vor dem Haupteingang des Museums zu sein. Um den Rest, das nötige Werkzeug und den Transportwagen zum Beispiel, brauche er sich keine Gedanken zu machen.

Und so geschah es, dass bei Nacht und Nebel drei dunkle Gestalten einen großen, mit einem Tuch verhüllten Gegenstand mit Trageriemen aus dem Museum schleppten und auf ein offenes Baufahrzeug wuchteten, welches dann langsam mit gedrosseltem Motor und Abblendlichtern wegfuhr.

Einer aber sah es, er versuchte die Autonummer des davonfahrenden Kleinlasters zu erkennen, was in der Dunkelheit nicht recht gelang.

Es war der Küster auf dem Heimweg, er hatte sich verspätet. Gleich morgen früh wollte er Pfarrer Strobel von seiner Beobachtung berichten. Aber vielleicht waren seine Befürchtungen ja unbegründet, beruhigte er sich und vergaß sie.

Am Samstagmorgen wurde er daran erinnert, als er nämlich auf den Weg zur Kirche vor dem Haupteingang des Museums ein Riesenaufgebot an Polizisten und anderen Personen sah, unter ihnen Museumsdirektor Dr. Gruber, der einen ziemlich konfusen Eindruck machte. Von neugierig Herumstehenden erfuhr er, dass der Schrein mit dem Legionär von Golgatha samt dem Gewand und dem Speer verschwunden sei, allem Anschein nach wurde er in der Nacht gestohlen. Daraufhin eilte er zur Kirche und berichtete Pfarrer Strobel von seiner nächtlichen Beobachtung.

„Interessant", meinte Pfarrer Strobel nachdenklich, „das müssen wir natürlich melden. Aber nicht sofort, schließlich handelt es sich um keine gewöhnliche Beute, es handelt sich um das Blut unseres Herrn, um eine Reliquie, wenn ich richtig informiert bin."

Bevor er sich entschließen konnte, seinen Küster zur Polizei zu schicken, unter Umständen war er ein wichtiger Zeuge einer Straftat, entdeckte er in der letzten Bankreihe der Kirche eine frierende, zusammengekauerte Gestalt. Es war Matthes, der stadtbekannte, obdachlose Herumtreiber und Taschendieb.

Matthes hatte in der Nacht keine Ruhe gefunden. Sie hatten den Schrein im Schweiße ihrer Angesichter ins Gartenhaus transportiert, er hatte gerade noch saugend durch die Tür gepasst. Dann war Jan gegangen und er hatte sich zum Schlafen niedergelegt. Matthes musste den Schrein, der mit einem Tuch verhüllt war, andauernd anschauen, mit ausgestrecktem Arm konnte er ihn sogar berühren.

Es dämmerte bereits der Morgen herauf, auf das Blechdach klopfte ein leichter Regen und zum trüben Fensterchen zuckte ein Wetterleuchten herein, welches den Schrein sporadisch sekundenlang in ein grell blendendes Licht tauchte. Da schien es Matthes, als erwache Leben unter dem Tuch, er glaubte aufgeregte, ferne Rufe zu hören, ein greller Blitz zuckte durch dunkle Wolken und erhellte sekundenlang drei Kreuze, die in den schwarzen Himmel aufragten, ein berstender Donnerschlag ließ die Erde erbeben. Matthes sah, wie sich ein junger, athletisch gebauter Legionär vom Fuße des mittleren Kreuzes erhob, wo er sich mit Kameraden die Zeit mit einem Würfelspiel vertrieben hatte, seine Lanzen erhob und sie dem Mann am Kreuz kraftvoll in die Seite stieß, offenbar um seinem Leid ein Ende zu setzen. Dann richtet er den Speer gegen ihn, Matthes.

Matthes schrie entsetzt auf und erwachte schweißgebadet. Der Schrein stand still da, immer noch vom fernen Wetterleuchten umflackert, eine seltsam beklemmende Spannung lag im kleinen Raum, die Matthes das Atmen schwer machte. Er setzte sich auf, schlüpfte hastig in seine Hose, seinen

Pulover, in die Joppe und die Schuhe und verließ fluchtartig das Gartenhäuschen.

Den Rest der Nacht verbrachte er frierend vor der Kirche auf einer Bank und wartete darauf, dass man endlich das Kirchenportal öffnen würde. Von der Aufregung und Hektik, die in der Nähe vor dem Haupteingang des Museums entstand, bekam er nichts mit.

Er dachte mit Grauen an den Schrein. Wie sehr hatte er Jan gebeten, ihn doch woanders unterzubringen, aber Jan war der Meinung gewesen, in der Hütte stände er vorläufig gut. „Gleich heute Früh", hatte er, bevor er in der Nacht verschwunden war, versprochen, „wird der Museumsdirektor den Brief mit der Lösegeldforderung in Händen haben. Eine Million Euro, Matthes, für ihn nicht viel, der Schrein ist das Vielfache wert, meint Walter. Sobald er bezahlt hat, bist du den Schrein los, Matthes, ansonsten bringen wir ihn an einen neutralen, sicheren Ort, wo man ihn nach der Lösegeldübergabe abholen kann. Der Museumsdirektor wird bezahlen, Matthes, verlass dich drauf."

Das sollte Matthes beruhigen, aber Matthes wollte keine einzige Nacht mehr mit dem Schrein verbringen, lieber würde er frierend auf einer Parkbank nächtigen.

Und nun saß er auf der Kirchenbank neben Pfarrer Strobel, einem etwas beleibten Herrn mit einer ausgeprägten Stirnglatze, und knetete kräftig seine löchrige Wollmütze.

„Ich will beichten, Hochwürden", bat Matthes verlegen. Normalerweise plagten ihn keine Schuldgefühle, er stahl nicht um sich zu bereichern, sondern um zu überleben. Das wusste auch Pfarrer Strobel, der ihn aufmunternd ansah.

„Wir sind allein, Matthes, leg' los, was liegt dir auf der Seele."

Und Matthes erzählte, er gestand dem Geistlichen, dass ihm Jans Plan gleich verrückt vorgekommen war, im Grunde wolle er mit so einer Sache nichts zu tun haben. Er habe Jan nur geholfen, weil er sein Freund ist und er ihm viel zu verdanken habe. Außerdem könne er in seine Hütte unterstellen, was und wen er wolle, das ist allein seine Sache. Vom Lösegeld wolle er kein Stück abhaben, das schwöre er bei seiner seligen Mutter."

Pfarrer Strobel glaubte Matthes, nahm ihm die Beichte ab und erteilt ihm die Absolution. Er war sich ganz sicher, hier bediente sich eine höhere Macht des schwächsten Mitglieds der Gemeinde.

„Nun, Matthes", meinte er nachdenklich, „die Reliquie ist gestohlen, das lässt sich nicht mehr ändern, aber vielleicht können wir sie an einen würdigeren Platz bringen, an einen Ort, wo sie hingehört. Willst du mir dabei helfen, Matthes?"

Matthes nickte erleichtert, Pfarrer Strobel machte ihm Mut.

„Natürlich müssen wir die Polizei verständigen", überlegte dieser, „der Raub versetzt ja momentan die ganze Stadt in Aufregung, aber noch weiß keiner wer und was dahinter steckt. Und ich bin, wie du weißt, an meine Schweigepflicht gebunden."

Der Küster, da konnte sich Pfarrer Strobel sicher sein, würde ohne sich mit ihm abzusprechen nichts unternehmen. „Willst du mir helfen, Matthes, die Sache in Ordnung zu bringen?", fragte er.

„Wenn Jan erfährt, dass ich ihn verraten habe", murmelte Matthes bedrückt, „wird er mich umbringen, zumindest aus dem Gartenhaus schmeißen!"

„Hm, das lass mal meine Sorge sein", meinte Pfarrer Strobel und legte Matthes aufmunternd seine Hand auf die Schulter. „Wo denkst du, kann ich ihn momentan antreffen?"

„Wahrscheinlich auf dem Weihnachtsmarkt, dort hilft er gewöhnlich Bekannten bei ihrem Stand."

Jan hatte noch in der Nacht einen Erpresserbrief verfasst, es war sein erster und hatte ihm manche Schweißperle gekostet. In Stichworten und großen Druckbuchstaben, so wie es die Erpresser im Fernseher, in den Krimis taten, hatte er notiert, dass für den Schrein eine Million Euro Lösegeld zu zahlen sei und wo und wie deren Übergabe zu erfolgen habe. Nach einer gelungenen Übergabe könne der Schrein an einem noch bekanntzugebenden Ort abgeholt werden. Falls die Übergabe nicht erfolgen sollte, müsse man den Schrein mitsamt Inhalt zerstören. Gut, das war brutal und hoffentlich nicht nötig, aber als Drohung notwendig, überlegte Jan. Die leichten Zweifel, die ihm beim Schreiben überkommen wollten, verscheuchte er erfolgreich.

Gerade, als er den Erpresserbrief in den Briefkasten des Museumdirektors stecken wollte, kam der Pfarrer auf ihn zugeeilt.

„Auf ein Wort, Jan!", rief er vom schnellen Laufen noch ganz außer Atem. „Ich muss mit dir reden. Vielleicht setzen wir uns kurz dort drüben auf die Bank?"

Jan folgte dem geistlichen Herrn mit einem flauen Gefühl in der Magengegend, was geistliche und amtliche Personen generell bei ihm verursachten, jetzt erst recht, und setzte sich neben ihn auf die Bank. Der Brief brannte in seiner Hand, er legte unauffällig seinen linken Jackenärmel darauf.

„Pass auf, Jan", kam Pfarrer Strobel gleich auf den Punkt, „was du da vorhast, kann nicht gutgehen. Soviel ich weiß, bist du bei der Polizei kein Unbekannter, du bist sozusagen aktenkundig, nicht wahr? Und falls du *ihn*", er deutete mit seinem Kinn Richtung Kuvert unter Jans Jackenärmel, „handgeschrieben hast, dann haben sie dich schneller am Wickel, wie du schauen kannst. Es sei denn, du hattest beim Schreiben Handschuhe an." Jans langes Gesicht verriet ihm, dass das wohl nicht der Fall gewesen war, wer denkt schon an sowas? „Sie werden also deine Fingerabdrücke finden", fuhr der Pfarrer im Plauderton fort, „zumindest deine DNA auf dem Kuvert. Und dann die Geldübergabe, Jan, wie hast du sie dir eigentlich vorgestellt?

„Matthes hat also geplaudert", stellte Jan bitter lächelnd fest. „Was für eine feige Arschgeige."

„Ich bin Seelsorger, Jan. Matthes ist mit der Sache nicht klar gekommen, er hat sich mir anvertraut. Wie also sollte das mit der Geldübergabe laufen?"

Jan starrte das nun offen in seiner Hand liegende Kuvert an. „Sind Sie auch bei mir an eine Schweigepflicht gebunden, Herr Pfarrer?", murmelte er.

„Selbstverständlich, Jan."

„Na, gut. Heute Abend also, wenn das Gedränge auf dem Weihnachtsmarkt erfahrungsgemäß am größten ist, soll sich ein Mann mit einer roten Pudelmütze und einem rotem Schal, das Erkennungszeichen, das Geld in einer der üblichen Weihnachtstüten, mit der praktisch jeder zweite Marktbesucher um diese Zeit herumläuft, mitten auf dem Markt aufhalten. Ich werde ihm, wenn es mir geeignet erscheint, die Tüte unten aufschlitzen und den Geldbeutel in meine Weihnachtstüte gleiten lassen, keiner wird es merken, nicht einmal der Geldüberbringer selbst. Ich werde die Tüte sofort an Walter weiterreichen und er wird sie in ein sicheres Versteck bringen. Dort kann sie bleiben, bis Gras gewachsen oder von mir aus auch Schnee über die Sache gefallen sein wird. Was sollte da schief

92

gehen? Der Museumsdirektor weiß, sollte die Übergabe nicht klappen, dann wird der Schrein samt Inhalt zerstört oder für immer verschwinden, er wird also den Teufel tun, sorry, Herr Pfarrer, zu versuchen, die Geldübergabe zu vereiteln."

„Gut und schön", wandte Pfarrer Strobel ein, „aber, da sei dir sicher, sobald er den Schrein zurück hat, wird er den Erpresserbrief mit deiner DNA der Polizei übergeben. In dem Fall, dass er es schon heute tut, was du nicht wissen kannst, wird dein Erpresserbrief eine Menge ziviler Ermittler auf den Plan rufen, sie werden den Mann mit der roten Mütze im Auge behalten oder es wird selbst einer von ihnen sein. Sollten sie dich sehen, dann werden sie, was mich nicht wundern würde, die richtigen Schlüsse daraus ziehen. Wie auch immer, sie werden dich erwischen, dann wirst du und deine Komplizen für lange Zeit hinter schwedische Gardinen verschwinden. Mal ehrlich, Jan, würde sich das rentieren? Hatte Matthes nicht schon genug Pech im Leben? Walter, wer eigentlich ist er?

Jan betrachtete grübelnd den Erpresserbrief in seiner Hand, dann steckte er ihn entschlossen in die Innentasche seiner Jacke. „Der Museumswächter", antwortete er. „Wenn ich es mir recht überlege, war es seine Idee."

„Aber er hat bei dir offene Türen eingerannt, nicht wahr, Jan? Ach ja, der Erpresserbrief, verbrenn ihn möglichst bald."

Am 1. Adventssonntag betrat am frühen Morgen
zuerst der Organist durch eine Seitentür die dämm-
rige, kalte Kirche, er stieg die Treppe zur Empore
hinauf und stimmte die Orgel ein. Wenig später
kam der Küster, er schaltete die Kronleuchter im
Mittelschiff an, ging dann zum Hauptportal und
schloss die Türe auf. Die ersten Gottesdienstbesucher ließen nicht lange auf sich warten, sie kamen
still herein und nahmen in den Reihen der Kirchen-
bänke Platz. Als der Küster zurück zum Alter ging,
um dort die Kerzen anzuzünden, sah er rechts neben dem Altar den Glasschrein stehen, die aufge-
henden Sonne, die schräg durch das Kirchenfenster
einfiel, umstrahlte ihn und die männliche Statue
darin, so dass das vergilbte Gewand und die Lanze
mit den dunklen Flecken auf der Spitze, die er in
seiner Faust hielt, überdeutlich zu sehen waren.
Kein Zweifel, es handelte sich um den vermissten
Schrein.
In der Sakristei war Pfarrer Strobel gerade dabei,
sich mit Hilfe des Ministranten seine Sutane über-
zuziehen, als der Küster hereingestürmt kam und
ihn äußerst erregt davon unterrichtete, dass draußen
neben dem Altar der vermisste Schrein stehe. Pfarrer Strobel nahm es zur Kenntnis, faltete die Hände,
verharrte einen Moment, bekreuzigte sich und eilte
dann noch im geistlichem Gewand und ohne den
Schrein neben dem Altar in Augenschein genom-

94

men zu haben, durch das Mittelschiff und das Hauptportal hinaus auf den Kirchplatz, der Küster, der Ministrant und die schon anwesenden Gottesdienstbesucher, deren Zahl rasch zunahm, hinterher. Pfarrer Strobel eilte mit gerafftem Gewand die Straße hinauf und bog dann in die Museumsstraße ein. Vor der Absperrung blieb er schweratmend stehen und winkte Dr. Gruber, dem Museumdirektor zu, den er mit einigen Männern am Eingang des Museums stehen sah. Der Direktor kam auch gleich zu ihm herüber und Pfarrer Strubel unterrichtete ihn von dem Fund in der Kirche. Daraufhin folgten der Museumdirektor, der Küster, der Ministrant und mittlerweile die halbe Kirchengemeinde und viele Passanten dem Pfarrer auf dem Weg zurück zur Kirche. Dort folgten sie ihm die Stufen zum Kirchenportal hinauf und, von Orgelmusik begleitet durch den Mittelgang zum Hochaltar, neben dem das Wunder zu sehen und zu bestaunen war.

Es musste ein Wunder sein, daran zweifelte keiner.

Denn außer dass im Museum in der Nacht zum Samstag die Alarmanlage einen kleinen Aussetzer hatte, hatten die polizeilichen Recherchen keinerlei Ergebnisse gebracht. Es konnten keine Einbruchsspuren festgestellt werden, auch an der Holzkiste befanden sich keine Fingerabdrücke, -die nächtlichen Transporteure hatten Bauhandschuhe getragen- und Reifenspuren von Kleinlastern gab es

mehr als genug im Schnee um den Weihnachtsmarkt.

Die Nachforschungen wurden in diesem speziellen
Fall eingestellt und bei Acta gelegt, das Korpus De-
likte hatte sich schließlich wieder eingefunden

Matthes jedenfalls glaubte, und Pfarrer Strobel be-
stärkte ihn darin, dass er das Werkzeug einer höhe-
ren Instance gewesen ist und er es in Zukunft nicht
mehr nötig haben wird, zu stehlen. Nah der Kirche
und dem Gemeindehaus bezog er in dem Einfamili-
enhaus eines alleinstehenden, christlichen Ehepaars
eine ordentliche Zweizimmerwohnung, die Miete
war moderat und wurde mit dem Lohn seiner neuen
Arbeitsstelle verrechnet. Als Gemeindediener erle-
digte er von nun an alle anfallenden Arbeiten im
Pfarrhaus und im Garten. Vor allem bei Gemeinde-
festen, deren es viele im Pfarrgarten gab, bekam er
reichlich zu tun. Matthes Lebensgefüge kam wieder
ins Lot.

Jan verzieh seinem Freund den Verrat, insgeheim
war er sogar erleichtert darüber, dass er so glimpf-
lich aus er Nummer herausgekommen war. Noch
lange danach mussten er und Matthes, wenn sie im
Schrebergarten bei einer Flasche Bier und gegrill-
ten Würstchen beisammensaßen, über die verrückte
Sache lachen, über die Dummheit, die sie beinahe
begangen hätten. Gelegentlich kam Dagmar vorbei

und brachte Matthes Lieblingswürste, heiße Currywürste mit Ketschup, mit.

Der Schrein wurde nicht ins Schlossmuseum zurückgebracht, er blieb sechs Wochen lang in der Pfarrkirche von Erbach, wo er Mittelpunkt der Römerausstellung und Anziehungspunkt von tausenden Besuchern war, die zur Freude des Pfarrers die Kirchenkasse ordentlich zum Klingeln brachten. Danach wurde er ordnungsgemäß in seine Heimatstadt Tel Aviv überführt und aus religiösen Gründen nur noch in Gotteshäusern ausgestellt.

Das Wunder von Erbach aber blieb, allen Skeptikern und Ungläubigen zum Trotz, noch lange in aller Munde.

Blutige Spuren

Otto Wurzels Einsiedlerhof lag im Fischbachtal, er bewirtschaftete seine drei Äcker mit Hilfe seines betagten Treckers, einer gleichfalls uralten Egge, einem Pflug und eines Ernteanhängers allein. Else, zwar schon gekrümmt und grau, aber noch gut zu Fuß und wenn es darauf ankam flott mit dem Mundwerk, kümmerte sich um das Haus, das Federvieh und seit dem Unglück besonders um Otto. Ansonsten hielt es keiner mit dem mürrischen, alten Mann aus, der seiner Meinung nach auch niemand brauchte, schon gar keinen Stammtisch oder einen Tauben- Skat- Tierschutz- und wer weiß was noch alles für einen Verein. Otto Wurzel war ein Einzelgänger, ein Sonderling, dem das Zipperlein im Kreuz und in den Knochen zwickte und Else von Zeit zu Zeit den Querkopf zurechtrücken musste. Manche im Dorf, vor allem die jüngeren glaubten, Otto und Else wären verheiratet, aber die Älteren wussten, das war Quatsch.

Wenn aber in einer regionalen Zeitung irgendwo in der Gegend eine landwirtschaftliche Ausstellung angekündigt wurde, dann war Otto Wurzel nicht mehr zu halten, dann vergaß er seine beginnende Gicht und seine Abneigung gegen Menschenansammlungen, klemmte sich in seine rostige Ente und fuhr hin.

So auch an diesem sonnigen Juniwochenende, wo in Rodau auf einer Wiese dutzende von nostalgischer, fein herausgeputzter, landwirtschaftlicher Oldies, Schlepper und Nutzanhänger in Reih und Glied in der Sonne glänzten. Otto Wurzel lustwandelte dazwischen herum und studierte fachmännisch die alten Mähdrescher, die Pflüge aus Panzerstahl, das waren noch Maschinen von unverwüstlicher Qualität gewesen, schwärmte er ein ums andere Mal, deutscher Wertarbeit eben. Fast liebevoll befühlte er die gewaltigen, grobstolligen Reifen und fachsimpelte mit anderen Besuchern, Landwirte jedes Alters, über die Vorteile eines Allrad- oder Hinterrad- Antriebes oder allgemein über Dieselmotoren.

Plötzlich blieb Otto wie angewurzelt stehen, ihm stockte der Atem, etwas abseits sah er einen unscheinbaren, kleinen Trecker stehen. „Das könnte der meine sein", durchfuhr es ihn. Sein Herz begann heftig und schmerzlich zu pochen, als er zögernd darauf zuging. „Nein, nein, das war nicht möglich, Und doch, er könnte es sein."

Otto ging langsam um das Fahrzeug herum, strich mit der Hand über die verbeulte, matte Motorhaube, hob sie kurz hoch und warf einen prüfenden

Blick auf das Achtganggetriebe und den Motor. Die Reifen waren stark abgefahren und die ursprüngliche Farbe, Tannengrün, war kaum noch zu erahnen, aber sonst stimmte alles, bis hin zu dem von ihm eigenhändig reparierten Ganghebel und der Ziehvorrichtung für den Pflug, der Egge und dem Anhänger. Ja, mein Gott, er könnte es wahrhaftig sein. Für Otto Wurzel versank die Welt um ihn herum, er dachte an seine junge Frau Luisa, sie saß voller Tatendrang auf diesem kleinen Trecker, begierig darauf zu lernen wie die Hebel funktionierten und voller Freude darüber, ihn lenken und fahren zu können, ihn zu beherrschen. Er hörte ihre klare Stimme, ihr helles Lachen, spürte ihre dankbare Umarmung. Ach, hätte er sie nur nicht mitgebracht zur Mutter, auf den Hof.

Es musste Anfang der siebziger Jahre gewesen sein, als er Luisa das erste Mal in Bieberau, beim Maitanz sah. Sie saß ein wenig verloren auf einer Bank neben einem etwas grobknochigen Mädchen und schaute schüchtern, aber auch interessiert dem Trubel und der Ausgelassenheit der Menschen zu. Wie Otto später erfuhr, war es das erste Mal gewesen, dass sie mit einer Freundin hatte allein ausgehen dürfen. Sie erschien ihm ungemein rein und schutzlos in einer Welt voller Gefahren und Laster, von denen sie noch nichts wusste. Otto Wurzel hatte sich Hals über Kopf in Luisa verliebt und wollte sie beschützen, ein ganzes Leben lang.

Als sie schon ein wenig vertraut miteinander waren, erzählte ihm Luisa, dass ihre Mutter beim Bauern Böll, dessen Hof am Riedberg lag, Magd sei und sie selbst dort geboren wurde. Jedes Wochenende trafen sie sich und wanderten Hand in Hand den Fischbach entlang, sie waren glücklich und hatten sich eine Menge zu erzählen. Luisa erzählte von ihrer Schulzeit und dass sie gerne las. Jeden Sonntag, wenn sie nach Bieberau in den Gottesdienst ging, durfte sie sich von der Pfarrbücherei ein Buch ausleihen. Tagsüber kam sie natürlich nicht zum Lesen, da war im Haus, im Stall und auf den Äckern viel zu tun, aber nachts im Bett konnte sie lesen, heimlich beim Kerzenschein, manchmal ein Buch viermal. Zuerst wegen der schönen Bilder und Worte, und wenn sie den Sinn nicht gleich begriff oder am Ende den Anfang nicht mehr wusste, dann fing sie eben von vorne zu lesen an. Schillers Räuber hatte sie schon gelesen und viele Gedichte von Goethe. „Sie sind so poetisch und heldenhaft", schwärmte Luisa, „aber auch traurig und melancholisch, wo doch das Leben so schön ist." Dabei schaute sie Otto verliebt in die Augen.

Als Otto Luisa, die lange zögerte und sich nicht getraute, auf den Hof mitnahm, um sie der Mutter vorzustellen, wurde es für alle Beteiligten ein mittleres Drama. Die Bäuerin verschloss die Haustür und die Fenster und wollte Luisa, für die die Situation furchtbar peinlich war, nicht sehen. Als Otto später seiner Mutter heftige Vorwürfe deshalb machte, meinte diese nur mürrisch: „Warum ausgerechnet sie, der Balg einer armseligen Magd? Kannst du nicht jede Bauerntochter in der Umgebung haben?"

„Luisa ist meine große Liebe, Mama", hatte Otto beteuert, „wir lieben uns, allein das zählt. Wenn du sie erst einmal kennengelernt hast, wirst du sehen, was für ein wunderbares Mädchen sie ist."

Damit war für Otto alles geklärt, er wurde bei Luisas Mutter, Frau Angerer, die Magd auf dem Böller- Hof war, vorstellig und hielt formell um die Hand ihrer Tochter an. Aber Luisa wollte nicht mehr auf den Hof seiner Mutter mitkommen, Otto musste seine ganze Überredungskunst einsetzen, bis sie sich wieder dazu breitschlagen ließ.

Otto war zehn Jahre alt, als sein Vater tödlich verunglückte, ein scheuendes Pferd hatte ihm mit den Hinterläufen das Rückgrat gebrochen. Das mochte wohl der Grund für die besonders enge Beziehung zwischen der Bäuerin und ihrem Sohn sein. Trotzdem drohte Otto unmissverständlich den Hof zu verlassen, wenn die Mutter nicht einsichtig werden und Luisa als ihre Schwiegertochter annehmen würde.

„Ach Mama!", hatte er bittend gemeint und sie in die Arme genommen. „Luisa ist so lieb, du wirst lernen sie zu mögen. Glaub mir, ich brauche keine reiche Braut, wenn ich nur Luisa habe, und dich!"
„Zuerst Luisa", dachte die Bäuerin grimmig und schluckte ihren Groll erzwungener Weise hinunter."

Vierzig Jahre waren seither vergangen und nun hatte Otto Wurzel den kleinen Trecker wiederentdeckt, auf dem seine Luisa das Traktorfahren erlernt hatte. Nach dem Unglück hatte er ihn sofort verkauft, er konnte ihn nicht mehr sehen, nicht mehr ertragen, aber jetzt, nach so langer Zeit strich er mit der Hand fast liebevoll über das raue Schutzblech des Hinterrades.
Da blitzte im fast abgefahrenen Stollen etwas in der Nachmittagsonne auf, ein feiner Nagel oder ein Metallstift, so etwas blieb immer mal im Reifen stecken. Otto kramte in seiner Hosentasche und fingerte eine kleine Zange hervor, damit versuchte er das Glitzerding vorsichtig aus den Reifen zu ziehen. Es gelang und Otte sah, dass es eine Haarnadel war, so eine wie sie die Mutter immer benutzt hatte.
Otto Wurzel musste sich an den Trecker lehnen, für einen Moment schwanden ihm die Sinne. „Großer Gott", dachte er zutiefst erschüttert, „er ist es also doch, der Unglückstrecker.

Damals hatte die Mutter notgedrungen in die Heirat eingewilligt, sie feierten Hochzeit und Luisa war zu ihm und zur Mutter in das Bauernhaus gezogen. Alles schien gut zu sein und sich einzurenken, es brauchte halt alles seine Zeit. Die boshaften Sticheleien der alten Bäuerin glitten an ihrem Glück, an ihrer Zweisamkeit ab, aber die Mutter musste sich ausgegrenzt gefühlt haben, sozusagen als fünftes Rad am Wagen. Als Luisa schwanger wurde, hofften sie, dass mit dem Kind auch die Bäuerin umgänglicher werden würde.

Dann, mitten in der Frühjahrsbestellung, verließ sie das Glück, Otto fiel beim Ausbessern des Scheunendachs von der Leiter, knallte auf den Schubkarren und brach sich den dritten Halswirbel. Er kam in das Darmstädter Klinikum, wo er in einem Gipsbett voraussichtlich monatelang ausharren musste.

Die beiden Frauen waren nun allein auf dem Hof und Luisa bekam zu spüren, dass sie unehelich, zudem nur die Tochter einer Magd und unerwünscht auf dem Hof war. Es begann eine unbeschreibliche Leidenszeit für sie, die Bäuerin schikanierte sie mehr als je zuvor. Als Luisa auf eigene Faust die junge, kräftige Else, mit der sie von jeher befreundet war, anheuerte, damit sie ihr während der Schwangerschaft auf den Feldern helfe, war das für die Bäuerin Anlass zum pausenlosen Poltern und Mosern. „Das kannst du!", keifte sie mit vor Zorn und Empörung rotem Gesicht, „unser Geld zum

104

Fenster rauswerfen! Zu meiner Zeit waren die Frauen sparsamer und nicht so zimperlich wie heutzutage!"

Luisa war abends viel zu erschöpft, um mit der Bäuerin zu streiten. Um den ewigen Vorwürfen und Nörgeleien aus dem Weg zu gehen, zog sie sich abends nach dem Essen rasch in ihre Schlafstube, ihrem Zufluchtsort zurück. Als die Kartoffel- und Rübenknollen im Acker lagen und der Roggen ausgesät war, verlor Luisa ihr Kind. Sie blieb ein paar Tage im Bett und Else kümmerte sich um sie. Die Bäuerin aber fiel nun mit noch heftigerer Häme und Verachtung über sie her. „Zu was bist du eigentlich nutze?", giftete sie. „Nicht einmal ein Kind kannst du austragen. Zu meiner Zeit gebaren die Frauen nicht selten zwölf Kinder und zogen sie groß!" Dabei vergaß sie anscheinend, dass sie selbst nur ein Kind, nämlich Otto geboren und groß gezogen hatte.

Luisa ertrug alles, nur als ihr die Bäuerin verbieten wollte, am Sonntagmorgen nach Bieberau zu gehen, um die Frühmesse zu besuchen, da erklärte sie leise, aber bestimmt, dass sie auf jeden Fall die Messe besuchen wird, sie habe es schon immer getan und außerdem würde sie dort die Mutter treffen. Pünktlich am Sonntagmorgen zog sie sich ungeachtet der Proteste der Bäuerin ihr Sonntagsgewand an, schlüpfte in ihre guten Schuhe, legte sich ihr Schultertuch um, nahm ihr Täschchen mit dem Gesangbuch und marschierte los. Was die Bäuerin nicht wusste und ihr sicher nicht gefallen hätte, war, dass Pfarrer Burghardt, den Luisa seit ihrer Kindertage kannte und verehrte, ihr nach der Messe Ottos Briefe aushändigte. Der Pfarrer hatte regelmäßig im Darmstädter Klinikum zu tun und überbrachte die Grüße und Briefe der jungen Eheleute, die sie sich gegenseitig schrieben, gern.

Ottos sehnsüchtigen Briefe waren Luisas ganzer Trost, wenn sie sie las, das tat sie hauptsächlich des Nachts, wenn sie ungestört war, dann konnte sie ihren Kummer ein wenig vergessen. Zwei der von der Pfarrbücherei ausgeliehenen Bücher, eins davon war die romantisch traurige Geschichte von *Romeo und Julia,* das andere handelte von *Gullivers phantastischen Reisen,* schenkte ihr Pfarrer Burghardt. Sie waren zwar schon recht verblichen und abgegriffen, aber Luisas ganzer Reichtum.

Die Saat würde gut gedeihen, schrieb Luisa an Otto, es regnet ausreichend und es gäbe auch genügend Sonnentage. Bis er heimkommen würde, schrieb sie, was ja nicht mehr allzu lange dauern kann, da wäre das Korn hoch und reif. Bei der Ernte könne er vielleicht schon dabei sein, wenn nicht, Else ist sehr tüchtig und wäre eine große Hilfe.

Otto wiederum schrieb, dass er es nicht erwarten könne, sie in die Arme zu schließen und wieder auf seinen Feldern zu sein. Nein, es dauere nun nicht mehr lange, der Arzt habe ihm dahingehend Hoffnung gemacht.

Und da geschah das Unglück, von dem Else nicht berichten konnte oder wollte, sie behauptete, sie sei angesichts des schrecklichen Geschehens auf dem Hof einer Ohnmacht nahe gewesen.

Auch Luisa schwieg beharrlich darüber, bis zu ihrem Tod, aber die kreuz und quer verlaufenden, blutigen Reifenspuren des kleinen Treckers auf dem Hofasphalt hatten eine umso deutlichere Sprache hinterlassen.

Luisa wollte an diesem Abend noch lesen, aber die Kiste, in der sie Ottos Briefe, einige Babysachen, die sie von ihrer Mutter hatte, und die zwei Bücher von der Pfarrbücherei, die ihr Pfarrer Burghardt geschenkt hatte, aufbewahrte, war leer gewesen. Beunruhigt war sie die Stiege hinuntergerannt und wollte die Bäuerin danach fragen, aber die, so berichtete Else später unter Tränen, hatte nur verächtlich und gelassen gemeint: „Das unnütze Zeug in der Kiste meinst du? Nun, ich habe es verbrannt! Oder glaubst du, der Strom, den du jede Nacht mit deinem blöden Lesen vergeudest, kostet nichts?"

Da musste bei der sonst so sanften, duldsamen Luisa eine Sicherung durchgebrannt sein, denn sie packte die überraschte Bäuerin an ihrem Haarknoten und zerrte sie daran in den Flur, wo sie sich den Zündschlüssel des Treckers griff, und auf den Hof hinaus. Sie zog bebend vor Zorn die sich offensichtlich in einem Schockzustand befindliche Bäuerin an ihrem langen Zopf, der Knoten hatte sich gelöst, durch den Hof zum Trecker, der vor dem Scheunentor stand. Erst als Luisa den Zopf an die Anhänger Kupplung des Treckers band, löste sich die Schreckstarre der Bäuerin, sie schlug wild um sich und kreischte erbärmlich, aber, obwohl sie um ein vielfaches kräftiger war als Luisa, es war zu spät. Luisa saß bereits auf dem Trecker, warf den Motor an und fuhr wie von Sinnen kreuz und quer im Hof umher, bis das Gezeter und das Wimmern hinter ihr verstummte. Dann ging sie, ohne einen Blick auf ihre blutüberströmte Schwiegermutter zu werfen, ins Haus und rief die Polizei von Bieberau an. Als diese mit einem Sanitäter eintraf, kam für die Bäuerin jede Hilfe zu spät.

„Ich habe sie umgebracht", sagte Luisa nur. Auf der Wache dann, als man genaueres über das Motiv wissen wollte, wiederholte sie ihre Aussage: „Ich habe sie umgebracht."

Später, in der Untersuchungshaft, wirkte Luisa abwesend, auch dort verlor sie kein Wort zu ihrer Verteidigung. Mit Nachdruck verzichtete sie auf jeden Besuch, auch auf den ihrer Mutter, ihrer Kinder- und Jugendfreundin Else oder den von Pfarrer Burghardt, der mehrmals versuchte, bei ihr vorzusprechen. Auch von einem Rechtsbeistand wollte sie nichts wissen.

Otto wurde vorzeitig wegen familiärer Vorkommnisse aus dem Krankenhaus entlassen. Als er bei der Polizei in Bieberau eintraf, konnte man ihn nur noch vom Tod seiner Frau unterrichten. Sie hatte sich in ihrer Zelle erhängt.

„Ein echtes Liebhaberstück, nicht wahr?" Otto Wurzel schreckte aus seinen Gedanken auf, neben ihm stand ein junger Bauer und schaute ihn fragend an. „Sind Sie interessiert? Wollen Sie ihn kaufen? Ich würde ihn gern abgeben. Wissen Sie, als mein Vater ihn kaufte, war ich noch ein kleiner Bub, jetzt klettern meine Kinder auf ihm herum und spielen Bauer, dazu ist er eigentlich zu schade. Ich wäre froh, wenn er in gute Hände käme."
Otto nickte, ja, er wollte den Trecker mitnehmen, wollte ihm seinen alten Glanz zurückgeben, er würde ihn an die glücklichste Zeit seines Lebens erinnern.

Eine Trilogie

Jugendbücher

 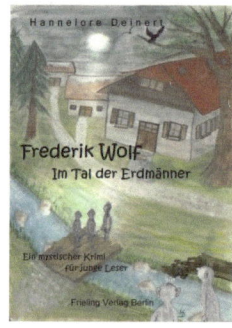 

Eine Auflistung aller Buchtitel und eBooks
mit ISBN-Nummern finden Sie auch unter der

Web-Adresse: http://www.hannelore-deinert.de

Die Bücher und eBooks der Autorin sind im
Buchhandel,
den Verlagen oder im Internet erhältlich.

110

Hannelore Deinert ist in Kelheim an der Donau geboren und wuchs ohne Vater auf, er ist im Krieg geblieben. Nach einigen Wanderjahren und einem sehr intensiven Familien- und Berufsleben, sie betrieb in Münster bei Dieburg ein „Spielwaren und Bastelgeschäft", fand sie die Zeit, ihrer Leidenschaft, dem Schreiben, nachzukommen. Sie absolvierte erfolgreich ein Literatur Studium und schreibt Romane, Kurzkrimis, Gedichte, Jugend- und Kindergeschichten. Ihr Motto ist: *Pures Licht blendet zu sehr, zum Glück gibt es auch den Schatten.*